***** Fanny Campbell *****

Thomas M. Meine

Fanny Campbell
die Piratenkapitänin
eine Geschichte aus Revolutionszeit

von Maturin Murray Ballou
erschienen im Jahre 1844

Bibliografische Information der Deutschen Nationalbibliothek:
Die Deutsche Nationalbibliothek verzeichnet diese Publikation
in der Deutschen Nationalbibliografie; detaillierte bibliografische Daten
sind im Internet über http://dnb.dnb.de abrufbar.

© 2022, Maturin Murray Ballou

Herstellung und Verlag:

BoD – Books on Demand, Norderstedt

August 2022

ISBN 9 783756 801671

INHALT

Vorwort

Alle Bücher sollten ein Vorwort haben, denn der Autor hat dem Leser mit Sicherheit etwas mitzuteilen, was die Handlung der Geschichte oder irgendein Thema betrifft, das er in der Erzählung nicht behandeln kann. Es ist eine Art vertrauliche Kommunikation zwischen dem Autor und dem Leser, den er für einen Moment beim Kragen packt und versucht, ihn für seine Geschichte zu gewinnen. Ich gehöre zu denjenigen, die großes Vertrauen in den ersten Eindruck setzen, und will daher, dass der Leser meine Geschichte zumindest unvoreingenommen in Angriff nimmt. Er wird das von meinem Verleger gefällte lobende Urteil unschwer daran erkennen, dass dieser das Werk in hervorragender Weise und mit großem Aufwand herausgegeben hat.

Zum Inhalt der Erzählung möchte ich ein paar Worte sagen:

Sie ist sehr romantisch, aber nicht mehr als viele andere, deren Geschehnisse sich während der aufregenden Zeiten der Revolution ereigneten und die seitdem die Sanktion der Geschichte erhalten haben. Ich habe einen beträchtlichen Aufwand getrieben, um die Geschehnisse dieser Erzählung ausfindig zu machen, die von meinem liberalen Verleger freudig aufgenommen wurden.

Kapitel I.

LYNN IN ALTEN ZEITEN, HIGH ROCK, DAS FISCHERDORF, DIE AUFREGENDEN EREIGNISSE DIE DER REVOLUTION VORAUSGINGEN, EINIGE MEINER CHARAKTERE, WILLIAM LOVELL, FANNY CAMPBELL, DIE HELDIN, KAPITÄN RALPH BURNET VON DER KÖNIGLICHEN MARINE, DIE EIFERSUCHT EINES LIEBHABERS.

Die Stadt Lynn in Massachusetts liegt etwa zehn Meilen von der Metropole Neuenglands entfernt an der Atlantikküste. Sie war Schauplatz vieler romantischer Ereignisse. Die Stadt ist auch reich an Geschichten, die eher der Romantik als den Tatsachen entsprechen. Hier gibt es die Piratenhöhle, den Sprung der Liebenden und das Räuberverlies, die alle nur einen Pistolenschuss voneinander entfernt sind.

Auch die Geschichte der frühen Indianer ist höchst interessant, und alles in allem ist der Ort allein aus diesen Gründen dazu bestimmt, unsterblich zu sein.

In dem Teil der Stadt, der als 'Wood End' bekannt ist, erhebt sich ein riesiger Steinhaufen, senkrecht an der Seite eines Hügels. Er ist dem Meer zugewandt, und man kennt ihn man weit und breit unter dem Namen 'High Rock'. Seine Granitmasse ist sehr eigenartig geformt. Die Vorderseite erhebt sich abrupt um fast einhundert Fuß, während die Rückseite tief in das ansteigende Gelände eingebettet ist. Der Gipfel bildet ein Plateau, auf der Höhe des Hügels und der angrenzenden Ebene im Hintergrund.

Dieser Ort ist seit Langem berühmt für seine weite und schöne Aussicht, die er bietet. Von seinem Gipfel aus, der das felsige Nahant in südlicher Richtung überblickt, hat man einen herrlichen Blick auf den Atlantik und auf eine fast dreißig Meilen breite Küste. Es gibt keinen Ort an unseren Küsten, an dem das Meer ein wilderes oder feierlicheres Klagelied spielt als auf der felsigen Halbinsel von Nahant. Die ständige und schwere Brandung des breiten Ozeans macht hier die lange Strandverbindung zu einem ein Schauplatz wütenden Seegangs.

Im Südwesten, in einer Entfernung von etwa zehn Meilen, liegt Boston. Das Auge ruht stets auf dem dichten Dunst, der die Stadt zuerst einhüllt und durch den die Türme der zahlreichen Kirchen aufragen. Und über all dem thront deutlich das noble State House.

Wenn man sich noch weiter nach Westen wendet, überblickt man den Hauptteil der Industriestadt Lynn mit ihrer malerischen Ansammlung weißer Häuschen und Fabriken, die wie Miniaturausgaben wirken.

Wenden Sie sich erneut nach Nordwesten, dann liegt ein paar Meilen hinter Lynn das blühende kleine Dorf Saugus.

Der gesamte Blick nach Norden ist von waldiger Schönheit, bestehend aus Feld mit Waldkuppen von fast grenzenloser Ausdehnung.

Im Nordosten kann man durch die sich öffnenden Hügel und Bäume einen Blick auf das Wasser des Hafens von Salem erhaschen, während die Stadt selbst dem Blick verborgen bleibt. Es erinnert einen an die ferne Sicht auf die Adria von den hohen Apenninen aus, die sich vor den Toren der schönen Stadt Florenz erheben.

Dies ist nur ein kleiner Einblick in die ausgedehnte Aussicht, die ein Besuch am High Rock heute bietet, ganz zu schweigen von dem hübschen, ruhigen kleinen Fischerdorf Swampscot und dem Panorama der Segelboote, die stets den Blick auf das Meer schmücken.

In der Nähe des Fußes des Felsens wohnte bis vor einigen Jahren die berühmte Wahrsagerin, die unter dem Namen 'Moll Pitcher' bekannt war, ein Spitzname, den ihr die Einwohner der Stadt gaben, da ihr richtiger Name nie ermittelt werden konnte. Sie erreichte ein beachtliches Alter, und bis zu ihrem Tod erhielt der Besucher, der ihr ein 'Broadpiece' [alte englische Goldmünze in die Hand drückte], im Gegenzug eine wahre oder erfundene Legende aus der Umgebung. Noch heute erinnern sich viele von uns mit Freude an die Besuche bei der seltsamen alten Wahrsagerin von Lynn am Fuße des High Rock.

Ich habe diesen Platz deshalb so genau beschrieben, weil er der Geburtsort von zwei Personen ist, die in der Geschichte, die ich erzählen will, eine wichtige Rolle spielen werden, und zum Teil auch, weil ich diesen Ort liebe, an dem ich viele Stunden meiner Jugendtage verbracht habe.

Die Eigenheiten des Geburtsortes haben einen großen Einfluss auf die Formung des Charakters und der Veranlagung. Die Assoziationen, die uns in der Kindheit umgeben, haben in dieser Zeit ein doppeltes

11

Gewicht auf unser zartes und empfängliches Gemüt, verglichen mit späteren Tagen, wenn der Charakter mehr geformt und gereift und der Geist strenger und unnachgiebiger geworden ist. Es ziemt sich also, besonders über den Geburtsort und die Assoziationen derjenigen zu sprechen, die in dem Drama, das ich erzähle, die Hauptrollen spielen werden.

Vor etwa siebzig Jahren lebten am Fuße des High Rock ein paar Familien aus dem puritanischen Milieu, die eine kleine Gemeinschaft bildeten. Der männliche Teil des Dorfes war als Fischer tätig, während die Frauen mit dem Trocknen und Konservieren der Fische und anderen häuslichen Arbeiten beschäftigt waren.

Die Gegend ähnelte in jeder Hinsicht der heutigen Stadt Swampscot, die nur etwa drei oder vier Meilen von dem Ort entfernt liegt, den ich jetzt beschreibe, und deren Einwohner ein hartes und fleißiges Volk und bis heute ausschließlich Fischer sind.

Die Zeit, auf die ich mich beziehe, war gerade am Anbeginn der starken Differenzen zwischen den Kolonien und dem Mutterland – die Zeit, in der kluge und nachdenkliche Männer den kommenden Kampf zwischen England und seinen nordamerikanischen Abhängigen bereits voraussagten.

Der Widerstand der Kolonien gegen das abscheuliche Stempelsteuergesetz, insbesondere bei der Bevölkerung der Massachusetts Bay, wie Boston und die benachbarte Provinz genannt wurden, war bereits so beherzt und allgemein angenommen geworden, dass dem britischen Parlament nur die Alternative blieb, entweder die Unterwerfung zu erzwingen oder das Gesetz aufzuheben, was schließlich, Letzteres betreffend, widerwillig geschah.

Doch die fortgesetzte willkürliche Unterdrückung des Volkes durch das Parlament, wie die Verabschiedung von Gesetzen, die vorsahen, dass diejenigen Kolonisten, die eines Kapitalverbrechens angeklagt waren, nach England geschickt werden sollten, um dort von einer fremden Jury verurteilt zu werden, und ähnliche verabscheuungswürdige und verfassungswidrige Erlasse, hatten das Volk zur Verzweiflung getrieben und es allmählich auf die folgenden erschreckenden Ereignisse vorbereitet, die ganz Europa in Erstaunen versetzten und England selbst erzittern ließen!

Das 'Massaker in der State Street', die berühmte 'Teeparty', bei der die empörten Einwohner Bostons dreihundertfünfzig Kisten Tee in das Wasser der Bucht entleerten, die tausend kleinen Akte der Tyrannei, die von den Soldaten der Krone ausgeübt wurden, die 'Boston Port Bill', die den Hafen von Boston blockierte – sie alle folgten in rascher Folge, und jedes davon war nur das Sprungbrett für die großen Ereignisse, die folgen sollten.

Dies waren die Szenen in Lexington, Concord, Bunker Hill und in den vielen umkämpften und blutigen Felder der Revolution, bis die Vereinigten Staaten von Amerika als *frei und unabhängig* anerkannt wurden!

Der kühne und abenteuerlustige Charakter der Männer wurde damals sowohl durch die beschriebenen Zeiten als auch durch die harte Natur ihrer Arbeit beeinflusst. Die Gefahren, die um die Häuser der Frauen herum lauerten, führten auch bei den Angehörigen des sanfteren Geschlechts zu einer standhaften und männlichen Gesinnung. Sie waren Teil der Gemeinschaft, die insgesamt aus strengen und unerschrockenen Geistern bestand.

Zu Beginn unserer Geschichte, um das Jahr 1773, gab es zwei Familien, die ein geräumiges und komfortables Landhaus in der beschriebenen kleinen Nachbarschaft bewohnten. Es handelte sich um die Familien von Henry Campbell und William Lovell, beides Fischer, die gemeinsam mit einem robusten Fischerboot aufs Meer fuhren. Ihre Familien bestanden aus ihren Ehefrauen und je einem einzigen Kind, William und Fanny, und es war die ehrliche Hoffnung und das Versprechen der Eltern, dass die Kinder, wenn sie das richtige Alter erreicht hatten, miteinander vereint werden sollten. Auch die füreinander Bestimmten waren ihrerseits einer solchen Vereinbarung nicht abgeneigt, denn sie liebten einander, mit einer Zuneigung, die, von frühester Kindheit an, mit den Jahren gewachsen war. Der Weg der wahren Liebe schien zumindest bei ihnen sicher zu sein, auch wenn ein altes Sprichwort das Gegenteil behauptet.

William war fast ausschließlich an Bord des Schiffes seines Vaters aufgewachsen, und er war ein so guter Seemann, wie es seine Erfahrung nur zuließ. Er war jetzt neunzehn Jahre alt, hatte eine feste, kräftige, männliche Gestalt und eine leichte und vornehme

Haltung. Sein Gesicht war, wenn man mit ihm vertraut war, ausgesprochen hübsch und zeigte einen Geist, der jeder Gefahr trotzte. Er war jung, leidenschaftlich und fantasievoll und konnte die Enge des väterlichen Berufs, der einen Großteil seiner Zeit in Anspruch nahm, nur schwer ertragen; sein großzügiger und ehrgeiziger Geist strebte nach einer höheren Berufung als der eines bescheidenen Fischers.

Er war nur selten an Land, außer in den strengen Wintern, die in diesen nördlichen Breitengraden früh kommen und spät enden, aber diese Jahreszeit wurde von allen mit Freude erwartet. Die langen Winterabende verbrachte er gern mit Fanny, die fleißig einer typisch weiblichen Beschäftigung nachging, während er vielleicht ein lehrreiches Buch oder eine interessante Geschichte vorlas. Beide hörten sich auch von ihren Eltern manch interessante Geschichte über den alten Franzosenkrieg oder den Indianerkrieg an, die selbst an den Gefahren und Entbehrungen dieser Konflikte teilgenommen hatten. Dabei wurden auch ausführlich der gegenwärtige Stand der Aussichten und Interessen der Kolonien und die Unterdrückung durch die Regierung im Mutterland erörtert.

So verging die Zeit, bis William sein neunzehntes Lebensjahr erreicht hatte, als er beschloss, einen kühnen Vorstoß in Richtung Glück zu wagen – wie er es ausdrückte. Und nachdem er die Erlaubnis eingeholt hatte, die ihm von seinen Eltern nur widerwillig erteilt wurde, traf er Vorkehrungen, um von Boston aus als Seemann in fremde Gefilde zu fahren. Eine Fernreise war in jenen Tagen ein echtes Abenteuer und wurde vergleichsweise selten unternommen.

William Lovell war deswegen in Boston gewesen und hatte auf einem Handelsschiff angemustert, das mit Fahrtziel Westindische Inseln und von dort aus zu einem weiter entfernten Hafen segeln wollte. Nun war er in sein Haus zurückgekehrt, um sein kleines Kleiderbündel zu packen, und sich von seinen alten Gefährten und Freunden zu verabschieden, aber auch von seinen Eltern und der Frau, die er mit einer Zuneigung liebte und die unter den Menschen, mit denen er zusammen war, keine Parallele fand. Aber genau diese Liebe hatte den Ehrgeiz geweckt, der ihn antrieb, und den Wunsch, Erfahrung und finanzielle Kompetenz zu erwerben.

Es war der Abend vor seiner Abreise, in einer milden Sommernacht, als er mit Fanny den Gipfel des High Rock aufsuchte. Sie setzten sich auf den rauen Steinsitz, der von der Hand des roten Mannes oder vielleicht von einer älteren Rasse aus dem festen Felsen gehauen worden war, und blickten lange und still auf das ferne Meer hinaus. Es war sehr ruhig, und die sanften Wellen küssten gerade noch die felsigen Ränder von Valiant und warfen kleine Strahlen silberner Gischt über die schwarze und zerklüftete Masse von Egg Rock. Der Mond schien fantasievolle Muster aus silberner Spitze auf dem blauen Ozean zu sticken, der sich kaum bewegte, so sanft waren die Wogen seines weiten Busens bei dem märchenhaften Vorgang.

Das ist etwa siebzig Jahre her, Jahre der Mühsal und der Arbeit, der Freude und des Leids, Jahre des lächelnden Friedens und des wütenden Krieges, drei 'Score' [score = 20] und zehn Jahre, und doch habe ich innerhalb von zwölf Monaten auf diesem Felsen

16

gesessen. Ja, auf eben diesem Steinsitz, und habe auf dasselbe silberne Meer geschaut und dieselbe ruhige, silberne Szene betrachtet. Ich starrte auf dieselben schroffen Ufer und die schwarze, finster dreinblickende Masse des Egg Rock, der immer noch da ist, als wäre er ein Wächter am Ufer, und doch so weit im Reich von Neptun, dass man glaubt, er diene eher dem uralten Gott als den Seelen des Landes.

Fanny Campbell war ein edel aussehendes Mädchen. Sie war keine der modernen Schönheiten, die zart und bereit waren, beim ersten Anblick eines Reptils in Ohnmacht zu fallen. Nein, Fanny konnte ein Boot rudern, einen Panther erschießen, das wildeste Pferd der Provinz reiten oder fast jede mutige und nützliche Tat vollbringen.

Und Fanny konnte auch dichten. Nein, erschrecken Sie nicht, werter Leser, denn ihre Erziehung war keineswegs schlecht. Die kleinen Vorteile, die ihr der Zufall in ihren Weg gelegt hatte, waren bis zum Äußersten verbessert worden, und ihre Eltern, die ihren Geschmack erkannten, hatten ihn im Rahmen ihrer begrenzten Mittel gefördert. So hatte Fanny fast alle Vorteile genossen, die in jenen Tagen erreichbar waren. Ein- oder zweimal im Jahr verbrachte sie zudem einige Wochen im Haus eines Pfarrers in Boston, mit dem ihr Vater eine Beziehung pflegte. Dort entdeckte der gute Mann ihren Geschmack und ihre Neigung zum Studium und gab ihr so viele Anweisungen, wie er konnte, und lieh ihr Bücher zur Unterhaltung und Stärkung ihres Geistes. Auf diese Weise hatte Fanny zu dem Zeitpunkt, als ich sie dem Leser vorstellte, eine ausgezeichnete Ausbildung erhalten, obwohl sie erst siebzehn Jahre alt war. Sie hatte ihrerseits ihre

Kenntnisse an William Lovell weitergegeben, und so verfügten die beiden über ein Maß an Bildung und Urteilsvermögen, das sie in Sachen Intelligenz über ihre Freunde stellte und dazu führte, dass man in allen Fragen der Information und Gelehrsamkeit zu ihnen aufschaute.

»Fanny«, sagte William, »ich werde weit von dir entfernt sein, bevor ein weiterer Tag vergangen ist.«

»Ja, viele Meilen auf dem Meer, William.«

»Aber mein Herz wird zu Hause bleiben.«

»Und meins wird es verlassen.«

»Und ist sicher aufgehoben, Fanny.«

»Daran zweifle ich nicht, William.«

»Es fällt mir noch schwerer, als ich dachte, dich zu verlassen, Fanny, jetzt, wo die Zeit gekommen ist.«

»Ich glaube nicht, dass wir es bedauern sollten, William«, sagte sie, »denn es wird dir zweifellos viel bringen, und das ist, wie du weißt, für uns alle sehr wünschenswert. Ich bedaure zwar, dass du uns verlassen wirst, aber ich beneide dich auch um die Erfahrungen, die du zwangsläufig in der Welt sammeln wirst, etwas, das Bücher nicht vermitteln können.«

»Du bist ein seltsames Mädchen, Fanny.«

»Liebst du mich weniger, weil ich sage, was ich fühle? William, ich habe keine Geheimnisse vor dir.«

»Nein, nein, mein liebes Mädchen, ich liebe dich nur noch mehr, und ich bin erstaunt über deinen tapferen und edlen Geist, über das Urteilsvermögen und die Besonnenheit, die jemanden deines Geschlechts und deiner zarten Jahre auszeichnen. Bei meiner Seele, *du hättest ein Mann werden sollen*, Fanny.«

»Wäre ich einer, so hätte ich genau das getan, was du zu tun gedenkst – in die Fremde gehen und die Welt sehen«, antwortete sie ihm.

»Und wenn du zu Hause auch eine Fanny hättest, die du liebst, würdest du sie dann zurücklassen?«, fragte William.

»Ja«, sagte Fanny, »denn wie auch du, wüsste ich nicht, wie sehr sie mich wirklich liebt – vielleicht wäre es so.«

William drückte ihre Hand und hielt einen Moment lang nachdenklich inne, dann drehte er sich zu ihr um und fuhr fort: »Fanny!«

»Nun – William?«

»Möchtest du, dass ich dieses Vorhaben aufgebe? Sag es, Liebste, und ich werde es sofort tun.«

»Du hast ein großzügiges Herz«, sagte sie und legte ihre gefalteten Hände zuerst auf seine Schulter und dann ihre Wange darauf, »nicht um alles in der Welt. Obwohl deine Fanny in allem, was dich betrifft, mehr als geizig ist, wenn sie dich teilen soll, möchte sie doch lieber, dass du deiner Neigung folgst. Nein, nein, ich möchte, dass du gehst.«

19

»Oh, Fanny, ich wusste bis jetzt nicht, wie sehr ich dich liebe«, sagte William Lovell, legte seinen Arm um ihre Taille und drückte ihr einen Kuss auf die glatte weiße Stirn.

Fanny war nicht leicht zu Tränen zu rühren, doch jetzt wischte auch sie achtlos einen einzelnen perligen Tropfen beiseite, der sich aus ihrem tiefblauen Auge stahl. (Haben Sie jemals bemerkt, welche Tiefe ein blaues Auge hat, lieber Leser?).

»Ich weiß, dass du dich oft an uns hier zu Hause erinnern wirst, William«, sagte Fanny, »und denk daran, wie inbrünstig wir für deine sichere Rückkehr beten werden.« Und nun wagten sich die Tränen deutlicher zu zeigen, die scheinbar neuen Mut aus der zitternden Stimme des edlen Mädchens schöpften.

»Wenn ich dich vergesse, liebe Fanny, oder einen der lieben Freunde, die ich zurücklasse, möge der Himmel mich im Stich lassen.«

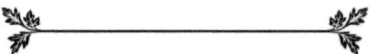

Es war Mitternacht, als sie sich trennten. William war ein ehrlicher und äußerst pflichtbewusster junger Mann, der nach dem strengen Kodex des puritanischen Glaubens erzogen wurde, und als er sich zur Ruhe begeben wollte, beugte er seine Knie, schaute zum Himmel und betete lange und inbrünstig um Segen für Fanny, seine Eltern und alle anderen und um göttliche Führung in seiner neuen Unternehmung. Dann warf er sich auf seine Pritsche und schlief bald darauf ein.

Auch Fanny suchte ihre Kammer für die Nacht auf, aber nicht um zu schlafen, nein. Sie kniete vor dem Thron der Gnade nieder und betete um des Himmels erlesenen Segen für den, den sie liebte, und um sein sicheres Geleit über den weiten und unwegsamen Ozean. Und ach! Ein so inbrünstiges Gebet von einer so ergebenen, so reinen und unschuldigen Frau muss im Himmel immer Gehör finden, und als sie ihr ordentliches und schickes, selbst gesponnenes Kleid ablegte, hielt sie inne, um sich die aufsteigenden Tränen wegzuwischen.

Habe ich Fannys Person ausreichend beschrieben, lieber Leser? Nein! Welch passenderen Zeitpunkt kann es geben, wenn sie jetzt nur noch mit einer so einfachen und bescheidenen Hülle bekleidet ist, die ihre Reize verhüllen soll.

Fanny Campbell hatte eine Größe, die man heutzutage als stattlich für eine Frau bezeichnen würde, trotzdem war dies nichts Besonderes für ein sehr gesundes Mädchen, das nie einen Tag der Krankheit gekannt hatte, geboren und aufgewachsen in der freien und belebenden Luft der Küste.

Ihre Glieder und ihre Person besaßen jene bezaubernde Rundheit, die zwar auf eine Neigung zum *embonpoint* [französisch, Übergewicht – wörtlich 'in gutem Zustand'] hinzudeuten schien, aber sehr weit von einer gewöhnlichen, übermäßigen Fleischesfülle entfernt war. Ihre vollen, wogenden Brüste, ihre perfekt geformten Gliedmaßen, ihre runden Arme mit der sich kräuselnden Haut, alles sprach von einer Üppigkeit der Person, und doch innerhalb der zartesten Regel der Schönheit.

Ein Maler hätte sie so sehen sollen – ihre Person leicht verschleiert und doch ihre Formen in hinreißender Deutlichkeit darstellend; ihre Brüste wippen voller Emotionen und ihre Hände sind gefaltet und zum Himmel erhoben. Ihre Gesichtszüge sind der griechischen Schule nachempfunden, mit korallenroten Lippen, was selbst einen asketischen Einsiedler zum Schmelzen gebracht hätte.

Woher Fanny diese Augen hatte, weiß nur der Himmel, sie konnten mit denen einer Tscherkessin [Tscherkessen, ein kaukasisches Volk] mithalten. Die Natur schien sich daran erfreut zu haben, sie mit jeder Gabe zu schmücken, die sie zu bieten hat. Ihre Zähne waren regelmäßig und weiß wie Perlen, und ihr Haar war von einem sehr dunklen Rotbraun, das glatt über die Stirn gescheitelt und hinter dem Kopf zu einem bescheidenen Zopf zusammengebunden war, während man an der Beschaffenheit leicht erkennen konnte, dass es von selbst Locken bilden würde, wenn man es sich selbst überlassen hätte.

So war Fanny Campbell.

Es gab da eine Sache, die dem jungen Lovell schwer zu schaffen machte, als er Fanny und sein Zuhause verlassen wollte. Ungefähr zwei Monate vor dem Beginn unserer Geschichte hatte ein junger britischer Offizier, Kapitän eines der königlichen Kutter, der im Hafen von Boston lag, Fanny bei ihren Verwandten in der Stadt getroffen. Er war sofort von ihrer außergewöhnlichen Schönheit beeindruckt, während er auch den besonderen Ausdruck ihres Verstandes bewunderte, der so kühn und unabhängig war und dennoch perfekt durch einen Geist der Bescheidenheit gemildert wurde.

Er zögerte nicht, seine Bewunderung zu bekunden, und während sie in der Stadt war, schenkte er ihr eifrig jene zarten und höflichen Aufmerksamkeiten, die sich für jede Frau als annehmbar erweisen müssen, solange sie von einem angemessenen Sinn für Zartheit und ehrenhaften Motiven geleitet werden.

Zu sagen, Fanny sei nicht erfreut gewesen über die Aufmerksamkeit von Kapitän Burnet, wäre falsch. Er war ein intelligenter und gebildeter Mann, dessen Geschmack und Manieren sich dadurch verbessert hatten, dass er viel von der Welt gesehen hatte, und da er ein aufmerksamer Charakter war, hatte er viel erfreuliches und nützliches Wissen gespeichert, das er sehr gut zu nutzen wusste. Fanny fühlte sich sofort von seiner angenehmen Art und dem Fundus an Informationen, den er zu besitzen schien, angezogen, und darüber hinaus hatte sie eine große Vorliebe für das Meer und alles, was damit zusammenhing, ein Thema, bei dem Burnet besonders beredt war und ihr viel erklären konnte. So vergingen einige Wochen, und Fanny wurde mit dem Kapitän des königlichen Kutters recht vertraut. Es gab nur einen Punkt, in dem sie sich nicht einig waren, und zwar in Bezug auf das Verhalten der Regierung im Mutterland und ihr Recht, Steuern zu erheben und Gesetze für die Kolonien zu erlassen. Fanny war in diesem Punkt recht redegewandt und argumentierte warmherzig und eloquent für ihre Landsleute. Burnet war zwar ebenfalls gebürtiger Amerikaner und sein Herz hing auch an seinem Geburtsland, aber er musste die Seite unterstützen, auf der er kämpfte. Dennoch gestand er Fanny bei mehr als einer Gelegenheit freimütig, dass ihre Wortgewandtheit ihn fast zu einem 'Rebellen' gemacht hätte.

Fanny kehrte schließlich in ihr Haus zurück, wo der Kapitän sie dann mehrere Male besucht hat und auch noch vor der geplanten Abreise von William Lovell zu seiner Seereise, die ich vor Kurzem erwähnt habe.

Für Lovell war es offensichtlich, dass Fanny der Offizier des Königs *genehm* war. Er wusste, dass ihre Liebe ihm gehörte. Bei dem Gespräch auf dem Felsen sprach er dieses Thema nicht an, obwohl es ihm die ganze Zeit über am Herzen lag. Es war in der Tat ein heikler Punkt für ihn, über den er bisher nie ernsthaft mit Fanny gesprochen hatte. Er zweifelte nicht an ihrer Ehrlichkeit, aber er fürchtete, wenn auch widerwillig, dass der Offizier in seiner Abwesenheit versuchen könnte, die Gunst von Fanny zu erlangen, und er hatte die Angst, dass er damit nichts Gutes oder Ehrenhaftes bezweckte. 'Denn', so sagte er sich, 'was kann der Kapitän eines königlichen Schiffes von einer armen Fischertochter anderes wollen, als sie seinen eigenen niederen Absichten zu opfern.' Doch Lovell hatte so viel Vertrauen in die Frau, die er liebte, dass er beschloss, die Angelegenheit gar nicht erst anzusprechen, um nicht einen Verdacht aufkommen zu lassen, den er sich nicht eingestehen wollte. Dennoch dachte er mit einiger Besorgnis an diese Dinge.

Der junge Lovell war Kapitän Burnet nie begegnet, denn zu den Zeiten, die dieser für seine Besuche im Haus gewählt hatte, war er mit seinem Vater auf dem Meer gewesen, und alles, was er erfahren hatte, wurde ihm von Fanny selbst berichtet, die viel zu ehrlich und ungekünstelt war, um ihm etwas Derartiges zu verheimlichen. Stattdessen erzählte sie ihm von all ihren Begegnungen, ohne zu ahnen, welchen Schmerz sie ihm damit zufügte.

Kapitän Burnet hatte ihr nie eine andere Art von Aufmerksamkeit geschenkt als die, die ein Freund einem anderen schenken könnte, und es war ihr auch nie der Gedanke gekommen, dass er sich um ihre Zuneigung bemühte. Es schien Burnets Ziel zu sein, diese Idee aufrechtzuerhalten, denn er hatte sie noch nie besucht, ohne ihr ausdrücklich mitzuteilen, dass ihn etwas Geschäftliches in die unmittelbare Nähe des Hauses ihres Vaters gezogen hatte. So war der Stand der Dinge, zu dem Zeitpunkt, als William Lovell sich anschickte, sein Haus zu verlassen.

Burnets Aufmerksamkeit für Fanny Campbell hatte in der Familie keinerlei Bemerkungen hervorgerufen, und Lovell tröstete sich bei seinen quälenden Fragen mit dieser Erkenntnis, als er den Stand der Dinge betrachtete.

'Sie haben nichts bemerkt, warum sollte ich mir also Sorgen machen?' Aber trotz seiner Vorsätze, sich von der Sache nicht beunruhigen zu lassen, wie es dann meist doch der Fall ist, wurde er in Wirklichkeit immer unruhiger, je entschlossener er seine Haltung bewahren wollte.

Kapitel II.

DER ABSCHIED, DAS KÖNIGLICHE KENT, PIRATEN, DER KAMPF, DER EINTRITT IN EINEN NEUEN DIENST, DIE VERFOLGUNG DER BUCCANIER, FLUCHT AUS EINEM GEFÄNGNIS UND EINSPERRUNG IN EIN ANDERES, BURNET UND FANNY CAMPBELL, EINTREFFEN EINES WICHTIGEN BOTEN, RÄTSEL, EIN VORSCHLAG, EIN NEUER FREUND UND EIN NEUE HAUPTFIGUR, DIE REDE EINES KAPITÄNS, WER WAR DER ANFÜHRER.

Früh am Morgen, nach dem Treffen auf dem Felsen, erhob sich William Lovell mit dem ersten grauen Morgenlicht aus seinem Bett und schlich sich vorsichtig zu Fannys Wohnung. Er klopfte an ihre Tür – es kam keine Antwort. Er klopfte noch einmal, aber es gab immer noch keine Reaktion. Das arme Mädchen hatte fast die ganze Nacht hindurch geweint, und nun hatte die Natur die Oberhand gewonnen, und ihre müde Gestalt war in Schlummer gehüllt. Lovell öffnete die Tür und suchte leise ihr Bett auf. Dort lag Fanny. Eine einzelne Träne zitterte unter jedem Augenlid, ein nackter Arm lag über ihrer teilweise entblößten Brust, während ihr Kopf in tiefem Schlaf auf dem anderen ruhte. Fanny Campbell gab ein wunderschönes Bild der Unschuld und Reinheit ab, als sie so schlief.

'Du hast dich in den Schlaf geweint, arme Fanny', dachte Lovell. Er legte zärtlich seinen Arm um ihren Hals und küsste sanft ihre rubinroten Lippen. Dann drückte er sie noch einmal, und siehe da, die Träumende legte ihren Arm um seinen Hals, und der Kuss wurde erwidert, aber sie schlief immer noch.

Er hauchte ein Gebet, ein stilles, inbrünstiges Gebet für ihr Wohlergehen, dann löste er sich sanft aus ihrer Umarmung und sagte zu sich, während er sie liebevoll ansah: 'Es ist besser, sich auf diese Weise zu trennen, ich will sie nicht wecken', und indem er ihre Lippen noch einmal küsste, ließ Lovell sie schlafend zurück, so wie er sie angetroffen hatte. Dann verabschiedete er sich von seinen Eltern, schüttelte ein paar Frühaufstehern unter seinen Freunden die Hand und machte sich auf den Weg nach Boston, von wo aus er am Mittag dieses Tages zu seiner ersten Seereise aufbrechen sollte.

Die untergehende Sonne schien an diesem Tag auf die weißen Segel des Schiffes, das ihn, viele Meilen vom Land entfernt, weiter auf das Meer hinaus trug.

Lovell, der in seinem Leben viel Zeit auf dem Wasser verbracht hatte, obwohl stets nicht weit von zu Hause entfernt, fügte sich leicht in die von ihm geforderte Pflicht und erwies sich als tüchtiger und fähiger Seemann. Tag für Tag hielt das Schiff Kurs auf den Süden, bis es in das milde und gesunde Klima der Westindischen Inseln, des großen amerikanischen Archipels, gelangte.

Damals und auch noch viele Jahre danach wurden diese Meere von Banden rücksichtsloser Freibeuter oder Piraten heimgesucht. Sie plünderten die Schiffe vieler Nationen aus, wenn sie auf sie trafen, und nahmen dabei buchstäblich keine Rücksicht auf die Menschen an Bord. Die Männer, die diese rastlosen Räuberbanden befehligten, segelten manchmal unter der weißen Lilie Frankreichs, den Halbmonden der Türkei, der prachtvollen spanischen Flagge oder sogar dem Kirchenbanner mit den Schlüsseln des Himmels, meistens aber unter der blutroten Piratenflagge, die ihren Charakter kennzeichnete und ihren Gegnern sagte, mit wem sie es zu tun hatten.

Das tapfere Schiff 'Royal Kent' war inzwischen in mildere Breitengrade vorgedrungen und befand sich eine Tagesreise von Port-au-Plat entfernt, als ein verdächtiges Schiff in Sicht kam und sofort die Verfolgung aufnahm. Die Kent hatte eine Besatzung von etwa einem Dutzend Männern am Mast und zwei oder drei Offizieren. Man verfügte jedoch nur über unzureichende Mittel zur Verteidigung gegen einen gewöhnlichen Angriff eines bewaffneten Schiffes. Dennoch waren die beiden Sechs-Pfund-Kanonen mittschiffs von Gerümpel befreit und einsatzbereit; auch die Gewehre, etwa sechs oder acht an der Zahl, waren alle doppelt geladen, und die Offiziere hatten jeweils ein Paar Pistolen, außerdem befanden sich genügend Entermesser an Bord, um jeden Mann damit zu versorgen.

Mit dieser kleinen Bewaffnung waren sie entschlossen, ihr Leben teuer zu verkaufen, falls sich der Fremde als das herausstellen sollte, wofür sie allen Grund hatten, ihn zu halten: ein Pirat.

Der Fremde näherte sich ihnen nun schnell, und alle Zweifel über seinen Charakter wurden bald zerstreut, als eine blutrote Flagge zum Mastkopf hinauf geschickt und eine Kanone abgefeuert wurde, um die Kent aufzufordern, sich zu ergeben.

Der Kapitän hatte nicht die Absicht, dies zu tun, und unmittelbar, nachdem der Bukanier sich als solcher herausgestellt hatte, eröffnete er das Feuer auf sie. Die Schüsse fielen schnell und dicht zwischen die kleine Besatzung der Kent, die sie noch kräftiger mit ihren Sechs-Pfündern erwiderte, die, besser gezielt, auf dem überfüllten Deck des Freibeuterschiffs eine furchtbare Wirkung erzielten. Das Ziel des Piratenkapitäns war es offensichtlich, die Kent zu entern, da die zahlenmäßige Überlegenheit den Kampf sofort zu seinen Gunsten entscheiden würde. Der Kapitän der Kent vermied dies für einige Zeit auf geschickte Weise, während die kleine Bewaffnung seines Schiffs unter seinen Feinden blutige Arbeit leistete. Schließlich wurde jedoch das Handtuch geworfen, und der Piratenkapitän enterte die Kent, gefolgt von der Hälfte seiner Halsabschneider-Mannschaft, und entschied den Kampf Mann gegen Mann. Die amerikanische Besatzung kämpfte bis zum Schluss, obwohl der Kampf aussichtslos war, denn sie wusste genau, dass es besser war, im Kampf zu fallen, als den fast sicheren grausamen Tod zu erleiden, der sie erwarten würde, wenn sie den Bukaniern lebend in die Hände fielen.

Der Kapitän der Kent, obwohl man überwältigt und von der Zahl her unterlegen war, hatte Piratenkapitän und einem weiteren Feind mit seiner verbliebenen Pistole bereits ins Gehirn geschossen, während sein Entermesser das Herzblut von mehr als einem getrunken hatte, bevor er selbst fiel, durchbohrt von so mancher tödlichen Waffe. Und so hatte jeder der Besatzung gekämpft, bis nur noch drei übrig waren, die einen ebenso tödlichen Kampf wie der Rest geführt hatten, die nun aber entwaffnet, gefesselt und blutend auf dem Deck lagen.

Einer von ihnen war William Lovell. Wie gesagt, lag er blutend aus vielen Wunden zusammen mit seinen beiden Kameraden auf dem Boden, und das Schiff war jetzt vollständig in der Hand der Bukanier. Die Kent erwies sich aber als schlechte Beute für die Freibeuter, obwohl sie dies so viel gekostet hatte. Nachdem sie alle Dinge herausgenommen hatte, die für sie von Wert waren, durchlöcherten sie den Boden der Kent und sie sank dort, wo sie im Wasser lag.

Der junge Lovell und seine Kameraden wurden an Bord des Piratenschiffs gebracht, und nach einer Beratung unter den Anführern wurde ihnen gesagt, dass ihr Leben verschont würde, wenn sie sich der nun kleiner gewordenen Besatzung anschließen würden. Die Bukanier hatten sich zu diesem Vorschlag entschlossen, zum einen, weil die Gefangenen sich als tapfere Männer erwiesen hatten, und zum anderen wegen ihrer eigenen Schwächung nach dem heftigen und blutigen Kampf, den sie gerade erlebt hatten, denn die Besatzung der Kent hatte fast das Doppelte ihrer eigenen Zahl getötet, sodass von der Piratenmannschaft nur etwa fünfzehn Männer am Leben geblieben waren.

Die Liebe zum Leben ist in uns allen stark, und Lovell und seine Gefährten stimmten den ihnen angebotenen Bedingungen zu und beschlossen insgeheim, eine baldige Gelegenheit zur Flucht vom Schiff zu suchen, doch wurden sie danach noch viele Monate lang Zeugen von Szenen des Blutvergießens und der Bosheit, die sie nicht im Geringsten verhindern konnten.

Die westindischen Meere waren seit den Zeiten der ersten Seefahrer stets der Zufluchtsort von Bukanieren und rücksichtslosen Banden von Freibeutern, und auch heute noch, trotz der starken Flotte von staatlichen Schiffen, die von der amerikanischen und englischen Regierung dorthin geschickt werden, organisierten sich Banden dieser Desperados, die vorgeblich dem Beruf der Fischer nachgehen, aber nur auf eine günstige Gelegenheit warten, um ihren alten Beruf wieder aufzunehmen.

Man munkelt aus zuverlässiger Quelle, dass große Reichtümer auf Tortuga vergraben liegen, eine Insel, die in der frühen Geschichte der Neuen Welt berühmt war und als Treffpunkt der kühnen Entdecker, die damals die Westindischen Inseln besuchten, bekannt ist. Nachdem sie ihre Beute in den benachbarten Meeren erbeutet hatten, kehrten die Bukanier an ihren bevorzugten Aufenthaltsort zurück und vergruben dort ihre nicht gebrauchten Schätze, bevor sie wieder zu ihren gefährlichen und blutigen Expeditionen aufbrachen, bei denen viele ums Leben kamen. Niemand wusste, wo der Schatz seines Gefährten vergraben war, und so kann es sein, dass er noch immer in seinem Versteck verborgen liegt und nur der Geist des verstorbenen Bukaniers den Ort kennt.

Tortuga ist völlig unbewohnt und von Haiti, wozu die Insel gehört, nur durch einen Meereskanal von etwa einer Meile Breite getrennt. Die Gesetze haben die Besiedlung seit langem verboten, aber aus welchem Grund, ist uns nicht bekannt. Hier liegen die Gebeine der Vagabunden, die sich auf der Insel ein Stelldichein gaben, Seite an Seite mit ihrem mit Blut erkauften und nunmehr nutzlosen Reichtum. Es wurde nie öffentlich nach verborgener Beute gesucht, und warum sollten wir nicht im Laufe der Zeit auf eine wertvolle Entdeckung hoffen können?

Das Schiff, auf dem Lovell und seine beiden Begleiter gezwungen worden waren, anzuheuern, befand sich in einer klaren Nacht vor der Insel Kuba auf der Suche nach einem Opfer, das sie mit Aussicht auf Erfolg und gute Beute bewältigen konnten, als Lovell und seine Freunde beschlossen, die Flucht an Land zu versuchen.

In der mittleren Wache, für die zufällig diese drei eingeteilt waren und denen die Piratencrew mittlerweile volles Vertrauen entgegenbrachte, weil sie glaubten, sie seien mit ihrer Lage zufrieden, setzten sie das Schiff vor den Wind und zurrten das Ruder mittschiffs fest. Dann nahmen sich ein kleines Boot und stahlen sich, mit nur wenigen persönlichen Gegenständen, leise von ihrem schwimmenden Gefängnis, um schließlich, nach vielen Entbehrungen, in Havanna zu landen.

Kaum waren die drei dort angekommen, wurden sie aufgrund eines Verdachts ins Gefängnis geworfen, wo sie ihren Prozess wegen Piraterie erwarteten. Die Sprache, die auf der Insel gesprochen wurde, war ihnen fremd und sie hatten dort keine Freunde, die für sie eintreten konnten. In der Tat sah die Sache düster genug aus, und auch sie selbst hatten kaum Zweifel daran, dass sie wegen der gegen sie erhobenen Anklage verurteilt werden würden.

Der Tag, an dem sie in die kalten, feuchten und freudlosen Gemäuer des Gefängnisses gesperrt worden waren, war nur ein Jahr nach dem ihres Verlassens des Hafens von Boston mit dem tapferen Schiff Royal Kent. Immer wieder bedauerten sie, dass sie nicht an Deck ihres eigenen Schiffes gefallen waren, anstatt von den Spaniern unter dem Vorwurf der Piraterie auf See ermordet zu werden. In diesem schrecklichen Schwebezustand blieben Lovell und seine gefangenen Kameraden Jack Herbert und Henry Breed fast sechs Monate lang, bevor sie zu ihrem Prozess vorgeladen wurden, und selbst als keine ausreichenden Beweise gegen sie vorlagen, wurden sie weiter inhaftiert.

Dies geschah in einer Zeit des Krieges und der Auseinandersetzungen. Auf den Westindischen Inseln und in den Häfen lauerten Gefahren aller Art, und inmitten der großen Anzahl der anderen Angelegenheiten wurden die armen Gefangenen und ihr Fall völlig vergessen. So würden sie vielleicht jahrelang in einer Gefangenschaft bleiben, die kaum wünschenswerter war als der Tod selbst, außer dass noch ein einziger Hoffnungsschimmer in ihrer Brust verblieben war, dass sie eines Tages befreit werden könnten. Ach, du helle und vom Himmel geborene Hoffnung, du bist der Trost für manch schmerzendes Herz und die Stütze für manch müden und fast untröstlichen Geist.

Während er in diesem lebendigen Grab eingesperrt war, dachte der junge Lovell oft an den Kapitän des königlichen Kutters, von dem er wusste, dass dieser Fanny kannte und der ihm bei der Abreise aus seiner nun weit entfernten Heimat ziemlichen Kummer bereitet hatte.

'Er wird reichlich Zeit und Gelegenheit haben, mich zu ersetzen', sagte Lovell zu sich selbst, 'denn Fanny könnte mich für tot halten und so veranlasst werden, seiner Aufdringlichkeit nachzugeben – der Himmel schütze sie', dachte Lovell für sich, 'und ich fürchte, seine Motive können unmöglich ehrenhafter Natur sein.'

Während Lovell in einem weit entfernten Gefängnis von seinen Gefühlen geleitet wurde, ging das Drama zu Hause und in der Familie der Campbells weiter. Kapitän Burnet besuchte inzwischen häufiger das Landhaus am High Rock; Fanny empfing ihn immer noch mit der gleichen Freundlichkeit wie früher, und sie waren immer noch gute Freunde.

Wenn der Offizier der Krone gelegentlich versuchte, von Liebe zu sprechen, brachte sie ihn mit einem vorwurfsvollen Blick oder einer spielerischen Erwiderung zum Schweigen, die immer erfolgreich war. So hielt sie ihn, wie er es gegenüber einem seiner vertrauten Offizierskollegen bezeichnete, ständig in Schwebe.

»Verdammt«, sagte er bei der erwähnten Gelegenheit zu seinem Kameraden, »ich würde alles für das Mädchen tun, sogar meinen Auftrag aufgeben, denn ich glaube, sie hat wirklich mein Herz erobert, wenn ich überhaupt eins habe – ich wusste vorher nicht, dass ich eins habe, das ist sicher.«

»Du müsstest zu einem Rebellen werden, um sie zu bekommen, Burnet«, sagte sein Freund, »wenn sie so stark ist, wie du mir immer gesagt hast.«

»Ich sage dir unter uns«, antwortete Burnet, »wenn ich glaubte, dadurch das Herz des Mädchens zu gewinnen, würde ich mich morgen der Kontinental-Armee anschließen, doch ich muss hinzufügen, dass dies der einzige Anreiz ist, der mir diesbezüglich geboten werden könnte, obwohl ich glaube, dass sie mehr als nur halb im Recht sind.«

»Du meinst es ernst, Burnet?«

»Ernst, bei meiner Ehre.«

»Wie weit wird uns der kleine Gott Amor in seinem blinden Dienst treiben«, sagte sein Freund. »Ich gebe dich vollkommen auf, Burnet. Es ist ein klarer Fall.«

»Und ich bekenne mich schuldig.«

Die Aufmerksamkeit von Kapitän Burnet bei seinem Besuchen im Landhaus und gegenüber Fanny war so ausgeprägt und entschieden, dass die Klatschtanten der Gemeinde – eine Klasse von Leuten, die alles wissen, und vor allem mehr über die Angelegenheiten anderer Leute als über ihre eigenen – ihn voll und ganz mit Fanny verbanden und sie dazu bringen wollten, William Lovell bedingungslos aufzugeben.

Fast zwei Jahre waren seit der ersten Gefangennahme von Lovell und seinen Gefährten vergangen, als Jack Herbert durch einen glücklichen Zufall die Flucht an Bord eines Schiffes nach Boston gelang, mit dem er schließlich sein Zuhause in Sicherheit erreichte.

Er hatte den Auftrag, Lovells Eltern und Fanny eine Nachricht zu überbringen, sollte er jemals wieder nach Hause kommen, und er nutzte eine frühe Gelegenheit, um diese zu überbringen.

William Lovells Familie und Freunde hatten William Lovell schon lange als verschollen betrachtet, da sie seit seiner Abreise kein einziges Wort von ihm oder über das Schiff, mit dem er ausgelaufen war, gehört hatten. Aber Fanny wollte die Hoffnung nicht aufgeben und bestand darauf, dass sie irgendwann von ihm hören würden, und nun, da sie dies getan hatten und wussten, dass er in einem spanischen Gefängnis schmachtete, waren sie dennoch dankbar, dass sein Leben verschont wurde, und hofften auf seine baldige Freilassung und Rückkehr.

»Und wie behandeln ihn die Spanier?«, fragte Fanny mit zitternder Stimme und blitzenden Augen den Boten Jack Herbert.

»Hart genug, meine Miss.«

»Hat er genug zu essen?«

»Sie brachten uns einmal am Tag etwas zu essen«, war die Antwort.

»Was, nur einmal am Tag?«

»Das war alles, Miss.«

'Und woraus bestand es?', fragte Fanny.

»Das Allergröbste, da können Sie sicher sein, Miss.«

Eine Träne stahl sich in Fannys Auge, als sie an die Leiden dachte, die William zu dieser Zeit in einem fremden Gefängnis durchmachte. 'In Havanna, auf der Insel Kuba', sagte Fanny nachdenklich zu sich selbst ... und dann zum Überbringer der Nachrichten gewandt, »können Sie den Hafen beschreiben, mein Freund?«

»Nun, es ist ein sonniges kleines Becken, aber auch nicht zu winzig, und ziemlich vom Land eingeschlossen. Er wird von der Burg an seinem Eingang bewacht, obwohl die Burg nicht immer bemannt ist – jedenfalls nicht in der Nacht, in der wir mit dem Beiboot hineinfuhren. Es ist ein umschlossener Ort, Miss, groß genug, um tausend Segel zu aufzunehmen, und doch kann nicht mehr als einer auf einmal hinein oder hinaus. Er ist jetzt in den Händen der Spanier. Die Engländer hatten ihnen diesen vor einiger Zeit abgenommen, aber sie haben ihn wieder zurückgegeben. Alles in allem ist es ein schöner Hafen, was das angeht. Aber warum fragen Sie, Miss.«

»Oh, ich war nur neugierig.«

»Wir haben unseren Blick nicht sehr oft darauf werfen können, das kann ich Ihnen sagen, Miss. Wir alle haben ihn nur einmal gesehen, als wir in einem großen Karren, der von Eseln gezogen wurde, zum Hof des Generalgouverneurs, diesem alten Tyrannen, gefahren wurden.« Und hier machte der gute Jack Herbert mit der geballten Faust verschiedene Bewegungen in der Luft, als würde er dem betreffenden Funktionär gerade in die Rippen und in die Augen schlagen.

»Die ganze Zeit in dieser engen Haft«, sagte Fanny nachdenklich, mehr zu sich selbst als zu ihrem Besucher, um eine Antwort von ihm zu erhalten.

»Eng genug, Lady, denn wir sind nie herausgekommen, abgesehen von der Gelegenheit im Eselgespann, von der ich Ihnen soeben erzählt habe«, sagte Herbert und hielt atemlos inne bei der Anstrengung, den Generalgouverneur in der Vorstellung zu verprügeln.

»Haben Sie sich über die Örtlichkeiten der Gegend informiert?«, fragte Fanny, immer noch halb in Gedanken versunken.

»Ja, Miss, ein wenig, als ich entkommen war.«

»Und das Gefängnis – ist es gut bewacht?«

»Nur durch den Kerkermeister, ein rauer, grauer alter Spanier, und drei oder vier Soldaten an den verschiedenen Ecken der Mauern.«

»Schauen Sie, guter Herbert, würden Sie sich einer Expedition anschließen, um ihre Kameraden zu befreien?«, fragte Fanny aufgeregt.

»Sollte ich das nicht? Habe ich nicht mit ihnen gelitten. Weiß ich nicht, wie es ist, in einem feuchten, steinernen Gefängnis eingesperrt zu sein, mit gerade so viel Essen, dass man am Leben bleibt und sich nach mehr sehnt. Mitmachen? Natürlich, schon morgen, Miss.«

»Wo wohnen Sie in der Stadt?«

»Am Fuße des Copp's Hill.«

»Könnte man Sie dort finden, wenn es nötig wäre?«

»Ja, Miss, zu fast jeder Stunde.«

»Nun, mein lieber Herbert, vielleicht treffen Sie bald jemanden, der sich mit Ihnen auf ein Unternehmen einlässt, das Ihnen nicht nur einen Namen, sondern auch ein Vermögen einbringen kann. Werden Sie dazu bereit sein?«

»Das werde ich – ein Vermögen?«

»Ja, und Ruhm obendrein.«

»Das wäre eine gute Nachricht.«

»Sagen Sie niemandem etwas davon.«

»Oh, ich bin still, Miss, wenn Sie es wünschen.«

Am Abend, nach Erhalt der von Jack Herbert überbrachten Nachricht, machte Burnet einen seiner häufigen Besuche in dem Landhaus und erfuhr von Fanny die ganze Geschichte, und hörte von Lovells Gefangennahme und Inhaftierung. Er sah in Lovell so etwas wie einen Bruder von Fanny, da er wusste, dass sie mit ihm aufgewachsen war und dass sie in ihrer Kindheit zusammen gespielt hatten. Er hatte es stets geschickt vermieden, sich in irgendeiner Weise gegen ihn auszusprechen, über den er in der Tat auch nichts Abfälliges sagen konnte, da er ihn nie gesehen hatte und ihn nur durch Fanny kannte, die ihn oft in Verbindung mit ihren Erinnerungen an ihre Kindheit und ihr früheres Leben erwähnte.

Kapitän Burnet war sich darüber im Klaren, dass Fannys Interesse an Lovell nicht unbedeutend war, und dementsprechend handelte er in dieser Angelegenheit. Seine Taktik bestand offensichtlich darin, ihre Zuneigung durch ständige und unablässige Aufmerksamkeit zu gewinnen, und um dies zu erreichen, ließ er kein Mittel unversucht.

Ihren Eltern gegenüber war er großzügig, ohne zu verschwenderisch zu sein und Unmut zu erregen, denn jede seiner Handlungen war von gutem Geschmack und diskretem Urteilsvermögen geprägt. Er folgte geduldig jeder Laune von Fannys Fantasie und wählte, wenn er mit ihr zusammen war, eine Beschäftigung, von der er wusste, dass sie ihren Vorlieben am besten entsprach. Kurzum, er griff sie an dem einzigen verwundbaren Punkt an, wenn es überhaupt einen gab, nämlich sich selbst angenehm und allmählich notwendig für ihr Vergnügen zu machen, durch die Unterhaltung, die er ihr bei jedem Thema bot, und den lehrreichen Charakter seiner allgemeinen Konversation.

Er erkannte bei Fanny eine Vorliebe für die Aneignung von Kenntnissen auf jedem Gebiet, die er mit allen ihm zur Verfügung stehenden Mitteln besonders förderte, und lernte sie gerade durch diesen Umgang herzlich als diejenige lieben, deren Schönheit allein zuerst seine Aufmerksamkeit erregt hatte.

Auf diese Weise vergingen zwei Jahre, in denen Burnet häufig im Landhaus zu Gast war, was ihn für Fanny keineswegs gleichgültig machte. Sie sagte ihm jedoch immer wieder, dass sie ihn lediglich als einen Bruder betrachtet.

Weit davon entfernt, sich dadurch entmutigen zu lassen, sah Burnet, der sie heiß und innig liebte, darin sogar einen Vorteil und verfolgte sein Ziel mit neuer Hoffnung. Er war gezwungen, sich selbst einzugestehen, dass er sie bedingungslos liebte und dass er ohne sie niemals glücklich sein konnte. Er hörte sich, wie gesagt, Fannys Erzählung über Lovells Inhaftierung an und stellte bald fest, dass sie sich mehr für den Ausgang der Angelegenheit interessierte, als er es sich hätte wünschen oder vielleicht sogar erwarten konnte. Sie unterhielt sich lange und ernsthaft mit ihm über diese Sache und bat ihn offen um seinen Rat und seine Unterstützung in dieser Angelegenheit. Er erklärte, dass er ihr nichts abschlagen könne, und es kam zu einem höchst interessanten Gespräch, dessen Inhalt in einem späteren Kapitel enthüllt werden wird.

An diesem Abend verließ Kapitän Burnet die kleine Stube des Landhauses und verabschiedete sich von Fanny erst lange nach seiner üblichen Stunde, wie es Mr. und Mrs. Campbell gemeinsam feststellten.

Ungefähr eine Woche nach dem eben erwähnten Ereignis klopfte ein Mann in der Kleidung eines gewöhnlichen Seemanns an die Tür des Hauses der alten Witwe Herbert am Fuße des Copp's Hill in North End. Eine adrett gekleidete Frau von etwa sechzig Jahren öffnete die Tür. Sie war immer noch gesund und munter, obwohl drei 'Score' [dreimal 20] Jahre über sie hinweggegangen waren. Die Vornehmheiten der Zivilisation hatten ihre Gesundheit und ihre kräftige Konstitution nie beeinträchtigt, denn sie hatte nie zu den lebensverkürzenden Mitteln gegriffen, die in diesen fortgeschrittenen Perioden im Sinne der Eitelkeit angewendet wurden.

Keine beengenden und schmerzhaften Korsetts hatten jemals ihre feine natürliche Form entstellt, und ihre Füße waren niemals in einen für ihre Größe viel zu kleinen Umfang gezwängt worden, um ihnen zarte Proportionen zu verleihen. Nein, nein, die guten alten Sitten der Bay Province vor siebzig und achtzig Jahren sorgten für ein gesundes Alter, ein langes und nützliches Leben, mit Gesundheit, um die Segnungen des Lebens zu genießen.

»Ich möchte Ihren Sohn sehen, meine gute Frau«, sagte der Fremde zu Mrs. Herbert, als sie an der Tür erschien.

»Jack, mein Junge«, sagte die alte Lady, »hier ist ein Freund, der mit dir sprechen möchte, komm her.«

»Ja, ja, Mutter.«

Der Sohn war gerade dabei, seine Mittagsmahlzeit zuzubereiten, aber er folgte zugleich dem Ruf und erschien an der Tür.

»Ihr Name ist Jack Herbert?«, sagte der Fremde fragend.

»Das ist er, Euer Ehren«, sagte Jack, denn die Art des Fremden verriet ihm, dass er mehr war als ein Arbeiter am Fockmast, vielleicht ein Kapitän oder ein Marineoffizier. Niemand ist mehr bereit, dem Rang die gebührende Ehrerbietung zu erweisen als der einfache Seemann Jack, denn er bekommt seine Macht am meisten zu spüren.

»Ich habe gehört«, sagte der Fremde, »dass Sie sich bereit erklärt haben, sich einem Unternehmen anzuschließen, um ein paar Ihrer alten Freunde aus einem spanischen Gefängnis zu befreien. Ist dies der Fall, mein guter Freund?«

»Jawohl, Euer Ehren, genau das habe ich zu Bill Lovells Mädchen dort unten im Fischerdorf am High Rock gesagt.«

»Nun, ich komme auf ihre Anweisung hin – und halten Sie jetzt immer noch an Ihrer ersten Erklärung ihr gegenüber fest?«

»Das tue ich, Euer Ehren.«

»Dann kommen Sie mit mir.«

Jack folgte dem Fremden auf den Gipfel des Hügels, von dem aus man einen guten Blick auf den Hafen und das Hafenbecken hatte, das von schäbigen, durch die Bucht begrenzten Mietshäusern umgeben war.

»Sehen Sie die Brigg unter uns?«, fragte der Fremde und deutete auf ein gut ausgestattetes Schiff dieser Bauart, das nicht weit vom Ufer entfernt lag.

»Ja, ja, Sir, sie sticht morgen in See.«

»Wenn sie noch zwei Mann bekommt.«

»Das habe ich gehört, Sir.

»Werden Sie mit ihr mitkommen?«

»Mit ihr?«

»Ja, mit ihr«, sagte der Fremde.

»Ich nicht«, antwortete Herbert.

»Für guten Lohn und gute Behandlung?«, fuhr der Fremde fort.

»Nun, sie will in die höllischen Breitengrade der Bukanier segeln«, sagte Jack Herbert, »und ich habe keine Lust, dorthin zurückzukehren, es sei denn mit einer guten, kräftigen Mannschaft und reichlicher Bewaffnung.«

»Dann hält Sie die *Angst* davon ab«, sagte der Fremde spöttisch.

»Nun, nicht direkt, Euer Ehren, aber sehen Sie, man würde das Schicksal leichtfertig herausfordern, wenn man direkt in das Maul eines Hais springt.«

»Es ist so, mein guter Freund, dass ich im Begriff bin, auf diesem Schiff als Zweiter Maat anzuheuern. Ich bin auf dem Weg nach Kuba, genau wie diese Brigg. Sie geht danach ihrer eigenen Sache nach, ich meiner, nämlich Ihren alten Kameraden bei der Flucht aus dem Gefängnis zu helfen. Soweit sie meinen Weg geht, gehe ich den ihren – und nicht weiter. Wenn Sie mir jetzt vertrauen, denke ich, dass wir es schaffen können, dieses Ziel zu erreichen. Wie gefällt Ihnen der Plan?«

»Ich hätte nichts dagegen, für diesen Zweck mit ihr zu fahren«, sagte Jack Herbert, »aber sie hat einen so verflucht schlechten Kapitän. König Georg hatte nie einen getreueren Vertreter seines eigenen schwarzen Charakters als den englischen Kapitän dieser Brigg dort. Ich weiß es«, sagte Jack überzeugt, »denn wie ihr seht, haben sie seit zehn Tagen versucht, mich an Bord zu holen.«

»Aber, mein guter Freund, ich werde einer Ihrer Offiziere sein und mich um Ihr Wohlbefinden kümmern – kommen Sie, denken Sie besser darüber. Sie werden mit an Bord gehen, ja?«

Nach einigem Zögern antwortete Jack: »In diesem Fall muss ich das, verdammt noch mal, wenn ich daran denke, was diese guten Leute dort in Kuba erleiden müssen.«

»Hier ist meine Hand, mein guter Freund«, sagte der Fremde. »Ich werde gehen und Ihren Namen in die Schiffsliste eintragen und Sie heute Abend wiedersehen, wenn ich ein ausführlicheres Gespräch mit Ihnen führen kann und Ihnen dann mehr über mein geplantes Vorgehen auf der kommenden Reise erzählen werde.«

Dem Fremden, wer auch immer er war, lag Fannys Interesse sehr am Herzen, und er hatte sich offensichtlich über das Verhältnis der beiden zueinander sowie über die ganze Angelegenheit der Gefangenschaft des jungen Lovell kundig gemacht.

Bald nachdem der Fremde Jack Herbert verlassen hatte und auf dem Weg zur Küste war, ging er durch eine der engen und krummen Gassen des North End, wie dieser Teil der Stadt damals hieß und bis heute genannt wird, als er das Stöhnen einer in Not geratenen Person hörte. Er ging an die Tür eines niedrigen und schlecht gebauten Hauses, aus dem die Geräusche kamen. Als er eintrat, fand er eine arme alte Frau, die an einer schweren Krankheit litt und auf einem Strohbett lag.

Neben der Frau saß ein Mann von etwa fünfundzwanzig Jahren, der ihr ein klein wenig Trost und Aufmerksamkeit spendete, soweit es in seiner Macht stand. Das Zimmer war verwahrlost, und der Fremde konnte sehen, dass dort Not und Armut herrschten. Er fragte den Mann, was er tun könne, um ihnen zu helfen, und ob er nicht etwas für die Leidende besorgen könne, die sehr jämmerlich stöhnte.

»Ach, sie ist jetzt über dem Berg«, sagte der Mann.

»Gehen Sie und holen einen Arzt«, sagte der Gentleman.

»Einen Doktor holen, meinen Sie? Und wer bezahlt ihn?«

»Ich kümmere mich darum, gehen Sie schnell.«

»Sie bezahlen doch, oder?«

»Gewiss, beeilten Sie sich.«

Der Arzt kam sofort, teilte ihnen aber mit, dass die Frau höchstens noch ein paar Stunden zu leben hätte, und nachdem er ein sanftes Beruhigungsmittel verschrieben hatte, zog er sich zurück.

Der Fremde bezahlte dem Arzt sein Honorar, gab dem Mann etwas Geld und bat ihn, für seine Mutter das Nötigste zu besorgen. Er wollte gerade die elende Wohnung verlassen, als der Mann sagte:

»Gott segne Euch, dass Ihr so ein Gentleman seid. Wo könnte ich Sie finden, wenn ich es Ihnen das Geld zurückzahlen könnte?«

»Das ist völlig egal, mein lieber Freund, es ist nicht von Bedeutung. Ich werde Sie morgen früh aufsuchen und noch einmal nach Ihnen sehen.«

»Das ist gut, Euer Ehren, und ein langes Leben für alle, die so sind wie Ihr.«

Der Fremde verließ den bemitleidenswerten Mann, einen Iren, inmitten seiner Danksagungen und näherte sich bald dem Ufer. Er gab mit seinem Hut ein Zeichen, woraufhin ein Boot von der Brigg geschickt wurde, um ihn an Bord zu bringen.

Das Auftreten dieses edel aussehenden jungen Seemanns und seine Haltung zeugten von einem Grad an Raffinesse, die für einen Mann seiner Klasse nicht üblich war. Er war von normaler Größe, in allen Gliedern wohlgeformt, und er sah aus, als ob er seine Erfahrungen als Seemann in der Marine gesammelt haben musste, denn obwohl sein Gesicht die gebräunte Färbung trug, die der Kontakt mit den Elementen immer mit sich bringt, war er doch jemand, der offensichtlich nie am Mast gearbeitet hatte. Trotz seiner Jugend – er war sicher nicht viel älter als zwanzig Jahre – verriet aber der milde und doch entschlossene Ausdruck seines Gesichts eine gewisse Autorität, die von reiferer Erfahrung zeugte.

Bekleidet war er mit einer blauen Matrosenhose und eine kurzen, etwa bis zum Knie reichenden Cabanjacke, in deren Futter ein aufmerksamer Beobachter ein Paar Pistolen und den silbernen Griff eines Messers hätte erkennen können, das so geschliffen worden ist, dass es an beiden Seiten der Klinge schneiden konnte, während es wie ein türkischer Dolch gebogen war.

Als er mit seinem Ölzeug winkte, um der Brigg ein Zeichen zu geben, spielte der Nachtwind mit seinem kurzen, lockigen Haar. Er warf es in zierlichen Locken über seine Stirn, die, geschützt durch den Hut, den der Seemann ständig trug, weiß, wie Alabaster war und in einem starken Kontrast zu den gebräunten Wangen und dem Nacken stand. Alles in allem hätte man ihn für einen verkleideten königlichen Offizier halten können. Das Boot nahm ihn auf, und bald war er an Bord der Brigg.

»Nun, Mr. Channing«, sagte der Kapitän des Schiffes, der ihn bei seiner Ankunft an Bord empfing, »haben Sie den Mann engagiert, den Sie mir gestern zu holen versprochen haben?«

»Ja, Sir.«

»Wann wird er zu uns stoßen? Wir fahren mit der einsetzenden Ebbe, wie Sie wissen.«

»Er wird rechtzeitig morgen früh an Bord sein, Sir.«

»Sorgen Sie dafür, dass er nicht ausfällt, Sir, denn sonst sind wir völlig auf uns allein gestellt, Mr. Channing. Es ist schade, ohne die volle Besatzung zu segeln, wo wir sie doch so gut wie zusammen haben.«

»Ich werde diesen Mann heute Abend noch einmal treffen, Sir, und mich seiner vergewissern.«

»Das wäre gut, Sir«, antwortete der Kapitän.

Dieses Gespräch fand auf dem Achterdeck der Brigg Constance statt, die etwa vierhundert Tonnen schwer war und ein wunderschönes Beispiel für die damalige Schiffsarchitektur darstellte. Sie war angeblich nur auf dem Weg zu den Westindischen Inseln, aber der Plan war (wie Mr. Channing erfahren hatte und Jack Herbert in dieser Nacht erzählte), dass sie nach dem Anlaufen der Insel nach England weiterfahren sollte.

Das Schiff war gut bewaffnet und hatte einen 'Langen Tom' ['Long Tom', starker Kanonentyp] mittschiffs, ein halbes Dutzend Sechs-Pfünder und eine Besatzung von zwanzig Mann vor dem Mast. Es war als stark bewaffnetes Handelsschiff konzipiert, und da sie über Kaperbriefe verfügte, sollte sie jedes Schiff der Feinde Englands (unter dessen Flagge sie segelte) einnehmen, sofern man stark genug dafür war.

Ihr Kommandant war ein Tyrann und dem übermäßigen Genuss von Spirituosen zugetan. Sein Erster Maat war ein schwacher und dummer junger Mann, der von den Eigentümern ursprünglich als eine Art Ladungsaufseher an Bord gebracht worden war, da er ein Sohn des Hauptaktionärs war. Der dritte in der Reihe der Offiziere war Mr. Channing, den ich dem Leser bereits vorgestellt habe, und der die einzige Person an Bord zu sein schien, der man als Offizier vertrauen konnte. Der Kapitän verließ sich fast ausschließlich auf seinen Ersten Maat, der auch dazu neigte, die gesamte Verantwortung auf den Zweiten zu übertragen, wie wir noch sehen werden.

Am nächsten Morgen besuchte Mr. Channing den unglücklichen Iren, wie er es versprochen hatte, und erfuhr, dass die Mutter, die arme Frau, in der Nacht verstorben war, und er fand deren Sohn vor, der das Gesicht in den Händen vergraben hatte und ein Bild des aufrichtigen Kummers abgab.

»Ich möchte Ihnen mein Beileid aussprechen, guter Mann«, sagte Channing, »aber Sie sollten bedenken, dass ihre Mutter in eine bessere Welt gegangen ist, in der sie keine Not, keinen Schmerz und keinen Hunger mehr kennen wird – wo die Bösen aufhören, Ärger zu verbreiten, und die Müden Ruhe finden.«

»Glauben Sie das?«, fragte Terrance Mooney.

»Ganz gewiss gilt der bescheidensten aller Kreaturen Gottes besondere Fürsorge, und er wird alle seine Kinder zu gegebener Zeit heimholen«, sagte der Maat der Brigg zu dem weinenden Sohn der Verstorbenen.

»Und kein Fegefeuer?«

»Wenn es ein Fegefeuer gibt, mein guter Mann, dann ist es hier auf der Erde, wo es so viel Sünde und folglich Elend gibt.«

»Ach, das ist sicher tröstlich, wenn es wahr ist, aber der Priester erzählt eine Menge über diesen Ort.«

»Wenn er mehr von der Liebe und Güte unseres himmlischen Vaters predigen würde und weniger von diesen eingebildeten Orten, würde er der Sache seines Schöpfers viel treuer dienen und mehr Sünder zur Umkehr führen«, sagte Channing.

»Wie glücklich wäre ich, wenn ich denken könnte, die alte Lady ist ins Paradies gegangen, um mit den Heiligen zu leben?«, sagte Terence.

»Glauben Sie mir, mein guter Freund, sie ist sicher in den Händen der Weisheit und Macht, die sie erschaffen hat.«

»Das ist sicher tröstlich, aber hier bin ich, Terence Mooney, ohne meine Mutter, was soll aus mir werden?«

Channing kam der Gedanke, dass er vielleicht noch einen Mann brauchte, um die Besatzung der Brigg zu vervollständigen.

»Wie würde es Ihnen gefallen, mit mir für einen guten Lohn und ein bequemes Leben zur See zu fahren, na, Terence?«, fragte der Maat.

»Es gibt nichts, was mich hier hält, außer die alte Frau taktvoll begraben zu sehen. Wann stechen Euer Ehren in See, wenn ich Sie fragen darf?«

»Heute Morgen.«

»Sofort, ja?«

»Mit der Ebbe.«

»Ach, das ist recht bald, wenn ich nur meine Freunde dazu bringen könnte, sie jetzt zu begraben, aber ich habe kein Geld dafür.«

»Hier sind ein paar Dollar, wenn das genügt«, sagte Channing und reichte Terence etwas Geld für diesen Zweck.

»Ob das genügt? Natürlich! Aber werden sie nicht eine Totenwache haben, und ich werde zu der Zeit weit weg sein, wenn sie dann alle beim Essen sind.«

»Nun, Sie müssen sich beeilen, guter Mann.«

»Sie sind sehr großzügig. Ich bringe alles in Ordnung, und dann folge ich Euch bis ans Ende der Welt.«

Und Terence Mooney arrangierte die Beerdigung seiner Mutter, und nach ein paar bitteren Worten beim Abschied von ihrem Körper ging er an Bord der Brigg, um zur Reise nach Westindien aufzubrechen.

Mr. Channing und Jack Herbert waren bereits an Bord, und mit der morgendlichen einsetzenden Ebbe liftete die Brigg ihren Anker und streckte ihre weißen Flügel aus, um aufs Meer hinauszufahren. Die helle Sonne schien prächtig auf die grünen Inseln, die den Hafen in alle Richtungen säumten. Damals waren sie viel größer als heute, von denen einige kleine sogar ganz verschwunden sind. Siebzig Jahre schnell fließender Gezeiten haben sie in ihrer Größe stark reduziert, aber nicht in ihrer Schönheit, denn sie verleihen der Bucht immer noch eine malerische Lieblichkeit, die auch der Geschmack eines Malers nicht verbessern könnte.

Die St. Georgs-Flagge wehte von den Masten eines Dutzends von Kriegsschiffen, die im Hafen vor Anker lagen, und sie wehte von einer Vielzahl hoher Punkte in der Stadt. Doch kaum war diese Szene aus dem Blickfeld der Besatzung verschwunden, rief der Kapitän sie nach hinten, wo er die folgende kurze und sehr treffende Rede hielt, die charakteristisch für diesen Mann war:

»Meine Männer, wenn mir schnell und gut gehorcht wird, bin ich ein ziemlich umgänglicher Mann, aber wenn ich ausgebremst werde, dann bin ich ein ... ! Also passt auf. Ich bin hier der Kapitän, und mir wird buchstabengetreu gehorcht. Ihr werdet mich schnell genug kennenlernen, wenn mir einer von euch in die Quere kommt ... So, das reicht, geht jetzt nach vorne.«

»Der Satan schleicht um ihn herum«, sagte Terence Mooney zu seinen Kameraden, »und sind wir alle Bastarde für ihn?«

Die Matrosen gingen nach vorne, aber sie murmelten untereinander, da sie sehr wohl wussten, was für ein Mann der Kapitän sei, einer von des Teufels eigenem Geblüt. Die armen Kerle hatten sich für viel Ärger und wenig Geld entschieden.

Der Kapitän verschwand bald darauf unter Deck und war etwa eine Stunde später halb betrunken und schlief, und der Erste Maat versah einige Tage lang pünktlich seinen Dienst, aber bald begann er sich zu drücken, und die allgemeine Leitung und das Segeln der Brigg fielen selbstverständlich auf Channing, den nächsten Offizier.

Niemand bedauerte dies, denn obwohl seine Befehle schnell und entschieden gegeben wurden und unbedingter Gehorsam verlangt wurde, war seine Stimme doch recht musikalisch und freundlich, und seine Befehle wurden von der willigen Mannschaft fast vorweggenommen, die ihn bald für seine großzügige Rücksichtnahme auf ihr Wohl und das des Schiffes liebte.

Acht Tage vor dem Einlaufen in den Hafen, ereignete sich an Bord der Brigg ein kleiner Zwischenfall, der zeigte, wer wirklich das Kommando über die Mannschaft der Constance hatte. Der Kapitän verbrachte die meiste Zeit in der Kajüte, rauchte, trank und döste vor sich hin, sodass er trotz seiner anfänglichen Prahlerei nur wenig auf die Männer achtete.

Eines Nachmittags, als eine ziemlich steife Brise aus Nordwesten wehte, lag der Erste Maat schlafend in seiner Kabine und überließ das Segeln der Brigg dem Zweiten, während der Kapitän wie üblich 'beschäftigt' war. Nach einer Weile wachte der Maat auf und kam an Deck. In dem Wunsch, seine offensichtliche Nachlässigkeit wenigstens durch den Anschein von Sorgfalt wieder gutzumachen, warf er, als er an Deck kam, einen Blick nach oben und befahl, die gerefften Fock- und die Topsegel voll auszubreiten.

Die Mannschaft schaute sich erstaunt an, denn es war auch dem schlechtesten Matrosen an Bord klar, dass es man der Brigg keinesfalls weitere Segelfläche geben konnte, und dass es jetzt sogar klüger gewesen wäre, die fraglichen Segel ganz zu bergen.

Der Wind hatte den ganzen Tag über frisch geblasen, und nun, als es auf den Nachmittag zuging, begann die Nachtbrise dem Wind, der den ganzen Tag über herrschte, ihre Kraft hinzuzufügen, bis die Brigg unter den beiden erwähnten Segeln, und den anderen, die bereits stark gerefft waren, mit der Geschwindigkeit eines Rennbootes über die Wellen sprang.

Der Maat wiederholte seinen Befehl ein zweites Mal, aber die Besatzung reagierte nicht, sondern schlich mit mürrischer Miene in verschiedene Richtungen davon.

»Mr. Channing«, sagte der Maat, »diese Männer verhalten sich absolut wie Meuterer.«

»Ich sehe es, Mr. Bunning.«

»Was ist zu tun, Sir?«

»Halten Sie es immer noch für richtig, diese Segel zu vergrößern?«, fragte Channing.

»So war der Befehl, Sir.«

»Vorwärts«, sagte Channing in einem Tonfall, der vielleicht eine Tonlage tiefer war als seine natürliche Stimme, »Macht euch hoch nach oben und breitet die Fock- und Topsegel aus, frohgemut Männer, auf gehts, mit Eifer, sage ich.«

Kaum hatte der Befehl den Mund des Zweiten Maats verlassen, sprangen die flinken Gestalten einer Reihe von Männern leichtfüßig die Wanten hinauf, um dem Befehl Folge zu leisten.

»Wie kommt es, dass die Männer Ihnen gehorchen und nicht mir, Mr. Channing?«

»Mr. Banning, es weht ein ziemlich frischer Wind, wie Sie sehen müssen«, lautete die Antwort, »und vielleicht ist es für die Brigg ziemlich bedrohlich, gerade jetzt diese Segel auszubreiten, aber wenn Sie es für richtig halten, *müssen* die Männer es tun, Sir.«

»Nun, setzen Sie die Segel wie Sie wollen«, sagte der Erste Maat zu Channing, als er das Deck verließ, ziemlich beschämt über die Szene, die sich gerade abgespielt hatte.

Channing bemitleidete seinen Offizierskollegen mehr, als dass er ihn tadelte, und war daher entschlossen, dass seinen Befehlen Folge zu leisten waren. Außerdem war er keiner, der die Zügel der Disziplin lockern würde, auch wenn er von der Mannschaft sehr geliebt wurde. Er sah die Unrichtigkeit, die Brigg mehr unter Segel zu setzen, ebenso wie die Mannschaft, aber es stand weder ihm noch ihnen zu, in einer solchen Angelegenheit zu urteilen, wenn ein höherer Offizier an Deck war.

Der Fehler wurde sofort – Gott sei Dank! – durch das gute Urteilsvermögen von Channing berichtigt, und das schöne Schiff, das sich mit den Wellen herumschlug und anmutig unter der Wirkung der auffrischenden Brise beugte, setzte seinen Kurs sicher fort, unter der Obhut einer höheren Macht als jeder anderen an Bord.

Kapitel III.

DIE LIST DES KAPITÄNS, MEUTEREI!, EIN NEUER KOMMANDANT, VERSUCHTER MORDANSCHLAG, EINE TÖDLICHE UND BLUTIGE SZENE, SEGEL IN SICHT!, EIN FEIND, DIE KIEFERFLAGGE, DIE SEESCHLACHT UND DER SIEG.

Die gesamte Besatzung der Brigg Constance, mit Ausnahme des Kapitäns, des Ersten Maats und des Kochs, waren Amerikaner, wenn man von Terence Mooney, dem Iren, absieht, der im Grunde genommen ein Amerikaner im Herzen war. Der Kapitän hatte es so eingefädelt, dass er sie alle nach England zurückbringt und ein Kopfgeld für jeden erhält, der dort sofort in die britische Marine eingezogen wurde. Er war nur wenige Wochen vor der jetzigen Reise mit einer Mannschaft seiner eigenen Landsleute in Boston angekommen, denen er denselben Streich gespielt hatte. Er hatte sie an das im Bostoner Hafen liegende Schiff des Königs ausgeliefert; ein hartes Schicksal für die meisten von ihnen, die ebenso gern in den Mauern eines Gefängnisses eingesperrt gewesen wären. Zum Trost wurde ihnen gesagt, dass sie nur etwa drei Jahre zu dienen hätten! – und das waren Männer, die ihre Familien zu Hause gelassen hatten und zu denen sie innerhalb weniger Wochen zurückkehren wollten. Es ist eine schlechte Tat, einen Menschen zu irgendeiner Pflicht zu zwingen, und wie übel muss der Dienst sein, der die Ausübung solcher Taten notwendig macht.

Dem Kapitän der Constance war es jetzt gelungen, eine ausreichende Anzahl von Amerikanern für die Besatzung seines Schiffes zu gewinnen, indem er sehr hohe Löhne anbot und vorgab, nur eine Reise nach

Westindien und zurück zu unternehmen, da sie nichts von seinem Verrat an der früheren Mannschaft und den verwerflichen Machenschaften wussten.

Der Plan des Kapitäns bestand in diesem Fall darin, dass er, nach Erreichen des Hafens in diesen Breitengraden, so tun würde, als habe er etwas erfahren, das es für ihn absolut notwendig machen würde, sofort nach England weiterzureisen. Er beabsichtigte, die Mannschaft durch das Versprechen einer sofortigen Rückkehr von dort und einer Erhöhung der Heuer zu beschwichtigen.

Der Kapitän glaubte, dass dieser Verrat nur ihm und seinem Ersten Maat bekannt war, aber er irrte sich, denn Channing hatte Jack Herbert – wie sich der Leser erinnern wird – am Abend vor der Abfahrt von Boston die weiteren Ziele der Brigg mitgeteilt. Es war also offensichtlich, dass Channing von dem geplanten Verrat wusste und ihn zu seinem Vorteil nutzen wollte, sonst hätte er sich nicht an Bord begeben.

Die nordamerikanischen Kolonien befanden sich damals im Krieg mit dem Mutterland, die Brigg war eine britische Brigg, und Channing war Amerikaner und sein Herz schlug fest für die Sache seines Landes. Er sah sich um. Da waren zwanzig Männer – alle bis auf einen seine Landsleute, die im Begriff waren, in die Hände ihrer Feinde verraten zu werden. Er war fest entschlossen und sagte sich: 'Das darf nicht sein!'

Glücklicherweise hatte er mitbekommen, wie der Kapitän und der Erste Maat über ihre Pläne sprachen und sich dazu beglückwünschten, dass sie am Tag vor Herberts Anwerbung das Kontingent für die

Auslieferung an die Engländer so gut wie vollzählig zusammenhatten, und so war er durch Zufall in ihre geheime Absicht des Verrats eingeweiht.

Die Brigg hatte bereits die kühlen Nordwinde gegen die sonnigen Brisen des Südens eingetauscht und war nach Channings Berechnungen etwa eine Tagesreise von Kuba entfernt, als er beschloss, dass das gute Schiff Constance den Besitzer wechseln und von einem britischen zu einem amerikanischen Schiff werden sollte.

Es war ein kühnes Unterfangen, denn die beiden größten Sünden, die ein Seemann scheuen sollte, Meuterei und Piraterie, starrten ihm voll ins Gesicht. Er hatte aber nicht die Absicht, auch nur ein einziges Mitglied der Besatzung in die Angelegenheit zu verwickeln, sondern beschloss, den Versuch zu unternehmen, das Schiff alleine und ohne Hilfe in Besitz zu nehmen. Dafür hatte er zwei Gründe: Erstens war er ein zu guter Vorgesetzter, um seine Untergebenen zu missbrauchen, und er sah voraus, dass er, wenn er einmal mit ihnen in einer Verschwörungsangelegenheit zusammengearbeitet hätte, nicht mehr über ihren Respekt verfügen würde. Andererseits fühlte er, dass er kein Recht hatte, sie in die Gefahr hineinzuziehen, und dass es weitaus nobler wäre, das, was zu tun war, mit seinen eigenen Händen zu vollbringen – und dass sich ihm dann, wenn er Erfolg hatte, diejenigen anschließen konnten, die sich ihm anschließen wollten.

Eines Morgens, ganz in der Frühe, ging Channing in die Kabine des Kapitäns, den er gerade aus seiner Koje aufstehen sah. Er ging zum Tisch und nahm sich die beiden Pistolen, die darauf lagen, sowie den Säbel, der an der Wand hing. Dann wandte er sich an den Kapitän, der noch nicht ganz wach war, und sagte:

»Kapitän Brownless, Sie sind mein Gefangener!«

»Sir?«, sagte der erstaunte Kommandant.

»Sie sind mein Gefangener!«, wiederholte Channing.

»Meuterei?«, fragte der Kapitän, wobei sich eine finstere Miene wie eine Wolke über sein aufgedunsenes, versoffenes Antlitz legte.

»Ja, Meuterei, wenn Sie wollen.«

»Beim Himmel, aber wir werden dagegen kämpfen«, sagte Kapitän Brownless, der ein Mann von einiger Tapferkeit war – tapfer, wie das Tier oder die wilde Bestie tapfer ist, wenn es um die Verteidigung der Ihren geht, aber nicht edel.

»Bleiben Sie, Sir«, sagte Channing. Er blieb völlig kalt und spannte eine Pistole, die er dem Kapitän an die Brust hielt. »Wenn Sie versuchen, diese Kabine zu verlassen, sind Sie ein toter Mann!«

Der Kapitän ließ sich verzweifelt auf einen Stuhl sinken.

»Bleiben Sie friedlich, Sir«, sagte Channing, »und ich verspreche Ihnen, dass Ihnen persönlich kein Leid geschehen wird; aber wenn Sie auch nur einen Hauch von Lärm machen oder Widerstand leisten, werden Sie mit all Ihren Sünden auf ihrem Haupt in die Ewigkeit geschickt.«

Channing begab sich daraufhin in die Kajüte des zweiten Offiziers, aber erst, nachdem er den Kapitän in seiner eigenen Kabine sicher festgesetzt hatte.

»Banning, ich bedaure, Ihnen mitteilen zu müssen, dass Sie mein Gefangener sind«, sagte Channing zum Ersten Maat, nachdem er dessen Arme ebenso gefesselt hatte wie die des Kapitäns.

»He? Was, Meuterei?«, stieß der erschrockene Mann aus. »Oh! Verschonen Sie mein Leben«, sagte der zitternde Feigling.

»Es besteht keine Gefahr, Sir, wenn Sie sich ruhig verhalten.«

»Oh, ich werde nichts tun«, fuhr der Erste Maat fort.

»Dann zeigen Sie jetzt ihren Gehorsam, indem Sie jetzt ruhig sind.«

Channing schloss Banning daraufhin in seine Kabine ein und ging an Deck. Er hatte Jack Herbert am Steuer mit der Verantwortung für das Schiff zurückgelassen; nun schickte er ihn vor, um die Mannschaft nach achtern zu beordern, wo er stand, um mit ihnen zu sprechen.

»Nun, meine Jungs«, begann Channing und wandte sich an die Mannschaft, »ich habe einige Neuigkeiten für euch. Der Kapitän ist entwaffnet und als mein Gefangener in seiner Kabine eingesperrt, ebenso wie

Mr. Banning, der Erste Maat. Ich habe dies getan, weil ich entschlossen bin, diese Brigg selbst in Besitz zu nehmen. Sie ist eine britische Brigg, ihr seid alle, oder fast alle, Amerikaner. Ich bin auch Amerikaner, und diese Brigg muss den Amerikanern gehören. Ich bin allein verantwortlich für das, was geschehen ist. Ihr seid jetzt ohne Kapitän. Wie viele von euch werden unter mir segeln?«

»Alle – alle«, kam als Antwort aus jeder Ecke.

Ich danke euch, meine Männer. Ich werde es Mr. Herbert überlassen – merkt Euch, es ist in Zukunft Mr. Herbert – von dem Verrat zu erzählen, den man an euch begehen wollte. Er wird auch mein Stellvertreter sein, und ihr werdet ihm so gehorchen, wie ihr es mir gegenüber tut und immer getan habt. Ich werde den Kurs der Brigg ändern und mich nach St. Domingo begeben, wo ich den Kapitän und den Maat an Land bringen werde, sowie diejenigen von euch, die sich mir nicht anschließen wollen. Danach werde ich mich auf eine Expedition begeben, um ein paar Amerikaner aus einem spanischen Gefängnis zu befreien. Wir werden dann sehen, was als Nächstes kommt – vielleicht ein wenig Beute machen oder so etwas in dieser Art.«

Jack Herbert hatte den Männern bereits von seiner Gefangenschaft und seinem Ausbruch aus dem Gefängnis in Havanna sowie von der gegenwärtigen Gefangenschaft von Lovell und seinem Kameraden dort erzählt, und als sie hörten, dass ihr neuer Kapitän seine Entschlossenheit zum Ausdruck brachte, sie freizubekommen, wenn dies möglich war, schlossen sie sich einstimmig und von Herzen dem Vorhaben an.

»Hurra, hurra«, riefen sie alle zusammen, denn nur so konnten sie ihre Zufriedenheit ausdrücken.

»Nun hört mir zu, Männer«, sagte Channing, »ich glaube, ihr kennt mich alle, ohne dass ich eine solche Rede halten muss, wie wir sie beim Verlassen des Bostoner Hafens vernommen haben. Ich bin ein *richtiger* Kapitän, das erkennt ihr alle an, und bin deshalb einer, dem man gehorchen wird, wisst ihr, glaube ich, ebenso, dass mir die Behaglichkeit und das Wohlergehen eines jeden von euch am Herzen liegen. Dies werde ich berücksichtigen, solange wir zusammen segeln, und ich denke, ihr seid damit zufrieden ... «

»Ein dreifaches Hoch auf Kapitän Channing«, unterbrach die Mannschaft an dieser Stelle, und die Brigg erbebte unter dem Echo der herzlichen Stimmen dieser alten Seebären, die jetzt einen Kommandanten hatten, wie sie ihn haben wollten.

»Genug«, sagte Channing und hob die Hand, damit sie schweigen. »Nun aber vorwärts, tut eure Pflicht, und ich will sehen, dass ihr sie mit demselben Eifer erfüllt, wie bisher«.

»Hier ist ein Kapitän, mit dem man leben und sterben kann«, sagte Terence Mooney.

Die Brigg behielt ihren Kurs bei und befand sich nun in unmittelbarer Nähe des verhängnisvollen Felsenriffs, das als 'Silver Keys' bekannt ist.

Die gefährliche Nähe dieses Riffs beunruhigte die Leute an Bord der Constance nur wenig, denn sie wussten nichts von seiner Beschaffenheit und konnten es glücklicherweise sicher passieren. Dieses bekannte

Riff ist heute in jeder Seekarte verzeichnet, aber es hat sich seither dennoch als Begräbnisstätte für viele tapfere Schiffe und edle Besatzungen erwiesen.

Channing hatte seine Offiziere aus der Mannschaft ausgewählt und Jack Herbert zu seinem Ersten Offizier gemacht, wie wir gesehen haben. Er hatte das Glück, Leute an Bord zu haben, die gute und praktische Seeleute waren und bei denen er keine Angst haben musste, ob er ihnen vertrauen könnte.

Es ist jetzt Nacht. Channing hatte Herbert das Deck überlassen und suchte die Kajüte auf, um ein paar Stunden Schlaf zu bekommen. Er war sehr müde, ja fast erschöpft, denn er hatte sich bisher wenig Ruhe gegönnt, da er den ganzen Tag und einen Großteil der Nacht fast ständig an Deck war.

Der Koch war, wie bereits erwähnt, neben Terence Mooney, dem Ersten Maat und dem Kapitän, der einzige in der Besatzung, der kein gebürtiger Amerikaner war, und da es so schien, dass er, wie die anderen auch, den neuen Kapitän hochleben ließ, hatte man ihm erlaubt, auf seinem früheren Posten und in Freiheit zu bleiben.

Obwohl Banning, der ehemalige Erste Maat, selbst ein Feigling war, konnte er immer noch Intrigen und Pläne schmieden, die andere ausführen sollten. Da Channing ihm die Freiheit gewährt hatte, weil er ihn für einen schwachen, harmlosen Menschen hielt, nutzte er den Vorteil und machte er sich daran, ihn nach Möglichkeit zu stürzen.

Er verschwor sich deshalb mit dem Koch, von dem er wusste, dass er ein genügend rücksichtsloser und blutrünstiger Mann war, um Channing bei der ersten günstigen Gelegenheit zu ermorden. Es bedurfte nur wenig, um den Mann dazu zu bewegen, und da ihm für den Fall, dass er Erfolg hatte, eine stattliche Belohnung und eine Beförderung in Aussicht gestellt wurde, nahm er sich vor, die üble Tat zu vollenden.

Auch Kapitän Brownless war seine Freiheit auf dem Schiff mit gewissen Einschränkungen zugestanden worden, da die Stimmung der Besatzung einhellig gegen ihn war, wegen seiner Art der Behandlung ihnen gegenüber. Obwohl Banning auch in dem ehemaligen Kapitän ein williges und zudem mutiges Werkzeug hätte finden können, mochte er ihn im Grunde seines Herzens so wenig, dass er sich selbst in dieser extremen Situation nicht mit ihm verschwören wollte. Aus diesem Grund war das geplante Attentat auf Channing in der Nacht, in der er in die Kabine zurückkehrte, um zu schlafen, nur Banning und dem Koch bekannt.

Etwa in der Mitte der Nachtwache verließ der Koch seine Hängematte und schlich sich leise in die Kapitänskajüte. In der Hand hielt er ein langes, scharfes Messer, das er für diese Gelegenheit bereitgehalten hatte und mit dem er Channing das Leben nehmen wollte. Nachdem er sich vergewissert hatte, dass er nicht beobachtet wurde, erreichte er sicher die Tür der Kajüte, war aber doch ein wenig überrascht darüber, dass sie teilweise geöffnet und das Licht erloschen war.

Alles war so dunkel wie die Nacht selbst, aber der Koch vertraute auf seine Kenntnis des Raumes und tastete sich schweigend weiter. Plötzlich spürte er, dass seine Hand das warme Gesicht eines Mannes berührte, und im nächsten Augenblick waren die beiden in einen tödlichen Kampf verwickelt, wobei jeder auf den anderen mit furchtbarer Genauigkeit in der Dunkelheit einstach ...

Der Lärm, der dadurch in der Kajüte verursacht wurde, brachte einen Teil der Wache dazu, mit Schiffslaternen vom Deck herabzusteigen, wo sich ihnen ein schrecklicher Anblick bot! Dort lagen der Koch und Kapitän Brownless blutüberströmt auf dem Boden der Kajüte. Beide hatten den Ort mit demselben Ziel aufgesucht, um Channing das Leben zu nehmen, und jeder hatte geglaubt, seinen Feind vor sich zu haben, bis die Lichter herbeigebracht wurden und sie ihre Lage erkannten.

Channing stand mit einer gespannten Pistole in jeder Hand bereit, sich notfalls zu verteidigen, aber jetzt, wo er die wahre Lage sah, erinnerte er sich nur emotionslos daran, dass es nun zwei von ihnen weniger waren, und er befahl, die schwer Verwundeten fortzubringen.

»Der Teufel soll sie holen, und ein Dank für die Rettung des Kapitäns«, sagte Terence Mooney. »Ist er nicht in heiliger Obhut? Und was nützt es, einen Mann töten zu wollen, der die Heiligen auf seiner Seite hat?«

»Oh, verdammt, wie schwer sie sind«, sagte er dann, während er dabei half, die Männer wegzutragen.

Der ehemalige Kapitän der Constance und der Koch lebten nur noch wenige Stunden nach dem geschilderten verzweifelten Kampf, und ihre Leichen wurden bald darauf der Tiefe übergeben.

Banning wurde sofort verdächtigt, den Koch angestiftet zu haben, und es bedurfte der strengen Autorität Channings, um die Mannschaft davon abzuhalten, sich auf ihn zu stürzen und ihn auf der Stelle zu ermorden. Nur wenige Tage später wurde er mit seinem Hab und Gut auf der Insel St. Domingo an Land gesetzt, sodass die Brigg nur noch mit Amerikanern bemannt war und kommandiert wurde, und es gab keinen Gegenspieler mehr, mit dem man fertig werden musste. Channing fühlte sich nun als Herr der Lage, und wenn er sich umschaute, sah er niemanden außer seinen eigenen Landsleuten, mit all denen ihn ein gemeinsames Interesse verband.

Er wollte vor seinem Versuch, die Gefangenen in Havanna zu befreien, kein unnötiges Risiko eingehen, wie etwa bei einem Versuch, Beute zu machen oder so etwas in der Art. Jedoch, als der Wind die Brigg schnell auf ihren Kurs in Richtung des soeben genannten spanischen Hafens blies, hörte man von oben die Stimme des Ausguckes mit einem jubelnden Schrei!

»Segel voraus!«

»Aus welcher Richtung?«, wollte der Kapitän wissen.

»Direkt geradeaus, Sir.«

»Was können Sie erkennen?«

»Ich kann nur ihr Topsegel sehen, Sir, es erscheint ein großes Schiff zu sein.«

Der Kurs der Brigg wurde um ein oder zwei Punkte nach Süden geändert, und schon bald war das seltsame Segel, das sich Zentimeter für Zentimeter am Horizont hochschob, von Deck aus deutlich zu sehen. Es handelte sich offensichtlich um eine Barke von etwa fünfhundert Tonnen Tragfähigkeit, die das Aussehen eines englischen Handelsschiffes hatte.

»Mr. Herbert«, sagte der Kapitän, »was halten Sie von dem anderen Segel dort drüben?«

»Eine britische Barke, Sir.«

»Ohne Zweifel, aber denken Sie, dass sie bewaffnet ist?«

»Ihr Mittelschiff ist tiefer als unseres, Sir, und deswegen kann ich das Deck nicht erkennen, Sir«, antwortete der zweite Offizier.

»Gehen Sie hoch zur Saling am Fockmast und nehmen sie dieses Fernglas mit«, befahl Channing.

»Aye, aye, Sir«, sagte Herbert und sprang die Takelage hinauf, um einen besseren Blick auf den Fremden zu erhaschen, der sich ihnen nun schnell näherte.

»Du da oben«, rief Channing, nachdem er Herbert Zeit gegeben hatte, sich den Fremden genau anzusehen.

»Aye, aye, Sir.«

»Können Sie jetzt die Bewaffnung ausmachen?«

»Sie hat fünf oder sechs Karronnaden an Deck, Sir, aber nichts von sehr schwerem Kaliber, soweit ich es erkennen kann.«

»Das genügt, Sir.«

Dies war gleichbedeutend mit der Aufforderung: 'Sie können herunterkommen, Mr. Herbert', und so kam Jack auf das Achterdeck herunter.

»Mr. Herbert, das ist die St. Georgs-Flagge, die auf dem Hauptmast der Barke weht. Sollen wir ihnen die Flagge der Kolonien zeigen? Was denken Sie – würden sie diese wohl ganz verwirrt anstarren?«

»Daran besteht kein Zweifel, Sir, besonders wenn er noch nie in diesen Breitengraden gewesen ist, aber woher können wir eine bekommen, Sir?«

»Darum hatte ich mich schon gekümmert.«

Mit diesen Worten verschwand Channing in die Kajüte und kehrte bald darauf mit einer Flagge an Deck zurück, auf der eine Kiefer abgebildet war.

»Hissen Sie sie und feuern Sie eine Kanone ab, Sir.«

»Aye, aye, Sir«, und die bescheidene Flagge der nordamerikanischen Kolonien wurde gehisst.

Kaum war dies geschehen, gab die Barke einen Schuss in Richtung der Brigg ab, um sie herauszufordern. Die Constance machte aus der Ferne und bei geschlossenen Luken nicht den Eindruck eines bewaffneten Schiffes, und in der Tat schien sie viel kleiner zu wirken als ihre wahre Größe, da sie tief im Wasser lag und die Höhe ihres Mittelschiffs ihre Bewaffnung verbarg. Sogar der Lange Tom mittschiffs war so mit Tauen und anderem Schiffszubehör bedeckt, dass man ihn nur als genauer Beobachter entdeckt hätte.

Der Kapitän der englischen Barke rechnete offenbar damit, eine leichte Beute zu haben, und begann daher aus Angeberei heraus zu feuern, lange bevor er mit seiner eigenen leichten Bewaffnung in Schussweite gekommen war.

»Macht den Langen Tom frei«, sagte Channing.

Das Untergestell wurde von seinen Befestigungen befreit, und das Deck darum herum von dem Unrat und allen Hindernissen, die im Weg lagen, gesäubert.

»Wir werden eine Parte Weitkegeln mit ihm spielen, Mr. Herbert«, sagte der Kapitän der Brigg, »und das können wir in sicher Entfernung tun, wenn Ihre Vermutung bezüglich ihrer Bewaffnung stimmt.«

Ich bin jetzt noch stärker davon überzeugt, Sir, da sie diese schwachen Schüsse, aus der Entfernung, in der sie sich aufhalten, auf uns richtet«, sagte Herbert.

»Genau so ist es, kein Zweifel, gehen Sie nach vorne und beaufsichtigen Sie das Geschütz. Verschwenden Sie keinen einzigen Schuss, wir könnten sie alle brauchen.«

»Aye, aye, Sir«, sagte der eifrige und gehorsame Herbert.

Herbert richtete das Geschütz aus, und obwohl er ein hervorragender Seemann war, hatte er nur sehr wenig oder gar keine Erfahrung im Umgang mit Kanonen.

Sein erster Schuss kam daher etwa auf halbem Weg zwischen den beiden Schiffen runter. Der nächste durchschlug das Wasser etwa eine Viertelmeile vor dem Bug der Barke, der nächste eine halbe Meile hinter ihrem Heck.

Während er das vierte Mal nachlud, rief Channing ihm aufmunternd zu: »Sie haben die Höhe, Herbert, jetzt setzen Sie einen Schuss genau zwischen die beiden letzten und Sie haben das Ziel.

»Aye, aye, Sir«, sagte der niedergeschlagene Maat, der sich über sein Pech ein wenig ärgerte, obwohl es für ihn eine völlig neue Sache war.

'Peng!' ertönte der Lange Tom erneut. Herbert sprang auf eine Lafette und hob sich über das Mittelschiff der Constance, um die Wirkung des Schusses zu beobachten. Kaum war der schwere Kanonendonner nach der Leeseite verhallt, sah man schon die Splitter in großer Zahl vom Deck der Barke fliegen.

»Gut gemacht, Mr. Herbert«, sagte der Kapitän, »Sie haben sie jetzt im Griff, lassen Sie die Kanone nicht kalt werden, Sir.«

Der Lange Tom begann daraufhin eine höchst überzeugende 'Unterhaltung' mit der Besatzung der Barke, die gezwungen war, einen Schuss nach dem anderen von der Brigg entgegenzunehmen, ohne das Kompliment erwidern zu können, da die Constance den schwachen Schüssen gut aus dem Weg ging. Die Brigg hatte den Vorteil des Windes und war bei Weitem die bessere Seglerin, daher konnte sie die geeignetste Position einnehmen.

Dieses Spiel konnte aber nicht lange andauern, und die Barke war schließlich gezwungen, nachdem sie in der Takelage schwer beschädigt worden war und mehrere Besatzungsmitglieder verloren hatte, ihre Flagge einzuholen oder dort zu versinken, wo sie sich befand. Mehrere Schüsse der Constance hatten sie in der Nähe der Wasserlinie getroffen, und auch ihre Takelage war so stark beschädigt, dass ein Fluchtversuch aussichtslos war.

Dem Kapitän der Barke fiel es schwer, die englische Flagge gegenüber einer Flagge einzuholen, die er weder kannte, noch von ihr jemals zuvor gehört hatte, aber die Not war groß, und die stolze St. Georgs-Flagge ergab sich der Kieferflagge der amerikanischen Kolonien. Dies war eine der frühesten, wenn nicht gar die allererste Eroberung auf hoher See, so weit weg von unserem eigenen Land, durch die bescheidene, aber siegreiche Flagge der Kolonien. Damals war sie noch ein Kind, jetzt ist sie zur vollen Größe eines Mannes herangewachsen und weht stolz auf allen Meeren, unerschrocken Seite an Seite und gleich geehrt und geachtet wie die Flagge des Mutterlandes.

Und wer hätte ihren zukünftigen Ruhm und ihre Macht vorhersagen können? Diejenigen, die unter damals dieser Flagge kämpften, konnten kaum davon träumen, aber der Himmel war mit dem Recht, und sie waren siegreich.

Der Stolz des Mutterlandes sollte eine Niederlage erleiden, seine Arroganz sollte deutlich zurechtgewiesen werden, und dies würde durch die von ihm abhängigen Kolonien Nordamerikas geschehen.

Es *war* geschafft.

Bei der Barke handelte es sich um die 'George' aus Bristol', und wenn wir meinen, dass es eine besondere Wichtigkeit für unsere Geschichte hat, könnten wir dem Leser hier leicht die Echtheit dieses Gefechts zwischen der Brigg Constance, die in die Hände der Amerikaner gefallen war, und der Barke George, einem Handelsschiff aus Bristol, England, beweisen.

Die Kieferflagge hatte noch nie zuvor in den Meeren Westindiens geflattert, und Kapitän Channing war der erste, der sie dem Wind überließ und unter ihren Falten in diesen Meeren des ewigen Sommers kämpfte.

Kapitel IV.

STAND DER FEINDSELIGKEITEN, VERFÜGUNG ÜBER DIE BEUTE, ERNEUTE MEUTEREI, SCHICKSAL DES ANFÜHRERS, PLAN ZUR BEFREIUNG DER GEFANGENEN, DIE EXPEDITION, HAVANNA, DAS ERGEBNIS, DAS TREFFEN DER FREUNDE, EIN NEUER OFFIZIER.

Als die Constance den Hafen von Boston verließ, waren die Feindseligkeiten wegen der Unterdrückung der amerikanischen Kolonien durch das britische Parlament schon voll im Gange; die Stadt wurde bereits von der Kontinentalarmee unter General Washington belagert.

Die Schlachten von Lexington, Concord und Bunker Hill hatten dazu geführt, dass jeder aufrichtige Sohn der Freiheit zu den Waffen griff. Obwohl der britische Oberbefehlshaber General Howe (General Gage wurde abgelöst) nicht zugeben wollte, dass er belagert wurde, sondern seine Lage und die der Armee nur als Winterquartier bezeichnete, wusste er sehr wohl, dass alle Verbindungen mit dem Land vollkommen abgeschnitten waren. Nicht einmal auf dem Wasserweg konnte er sich auf die sichere Ankunft von Vorräten verlassen, wenn sie nicht von einem starken Geleit geschützt wurden.

Auf seinem eigenen Tisch herrschte zu dieser Zeit ein Mangel an frischen Lebensmitteln, während seine Soldaten sowohl in dieser Hinsicht litten, als auch unter dem Mangel an Brennmaterial, das so knapp war, dass sie kleine Holzhäuser zerstörten und zu Brennholz machten.

In der Tat litt die britische Garnison unter all den Unannehmlichkeiten einer belagerten Stadt. Die Amerikaner hatten bereits mehrere Kaperschiffe ausgerüstet, die zwar schlecht bewaffnet, aber mit jungen, unbeugsamen Kämpfern besetzt waren, und deren Entschlossenheit und das Bewusstsein der Gerechtigkeit ihrer Sache sie fast unverwundbar machten – und sie schienen stets siegreich zu sein.

Die Erbeutung von Proviant und Munition, die sie häufig machten, war für Washington und die Armee, die sich am Rande der Stadt versammelt hatte, eine große Hilfe. Auch sie waren nur unzureichend mit Lebensmitteln versorgt, auch was Kleidung anbelangte. Was Munition und Kriegsgerät betraf, so war jeder erbeutete Gegenstand ein perfektes Geschenk Gottes für ihren begrenzten Vorrat, während bei ihren Feinden die Lage hinsichtlich der Kriegsmunition nichts zu wünschen übrig ließ, da sie in dieser Hinsicht reichlich Reserven hatten.

Wir sind nicht gezwungen, uns ausschließlich auf Geschichtsbücher und alte, verstaubte Aufzeichnungen zu verlassen, um Informationen über diese wichtige Epoche unserer nationalen Geschichte zu erhalten. Nein, es gibt unter uns grauhaarige alte Männer, deren Augen noch nicht trübe sind und deren Geist noch hell brennt – Männer, die schon früh die Schaffung der Freiheit unterstützt haben, wobei manch einer ihrer Kameraden sein Blut für die Sache seines Landes vergossen hat. Sie werden Ihnen von diesen Dingen erzählen, die sich zu ihrer Zeit und in ihrer Generation ereignet haben und an denen sie selbst beteiligt waren. Auch können sie Ihnen von den Härten und den Wendungen des Schicksals eines

Volkes erzählen, das für die Freiheit kämpft, und von den fast unglaublichen Leiden, die von allen freudig ertragen wurden, um die große und heilige Sache zu fördern, für die sie sich eingesetzt hatten.

Wenn wir uns den Stand der Dinge zu dem Zeitpunkt vergegenwärtigen, als die Brigg Boston verließ, werden wir sehen, dass Channing mit der Kaperung des Schiffes, auf das er gestoßen war, völlig im Recht war. Der Kapitän der Barke war auf einen solchen Feind nicht vorbereitet und hatte die Brigg für einen der umherziehenden Freibeuter gehalten, die zu jener Zeit die tropischen Meere bevölkerten. Als er aber feststellte, dass er seine Flagge gegenüber einem Freibeuter der amerikanischen Kolonien gesenkt hatte, wie ihm mitgeteilt wurde, war seine Wut absolut grenzenlos; er war völlig außer sich.

»Ich wäre lieber dort gesunken, wo ich lag, oder vom wildesten Piraten auf dem Meer ergriffen worden, als vor einem Rebellen die St. Georgs-Flagge herunterzuholen«, sagte er.

»Die Sache lag außerhalb ihrer Kontrolle«, antwortete Kapitän Channing, »und man muss ihnen gewiss nicht mehr Vorwürfe machen, als wenn Sie Ihre Flagge gegenüber einem Freibeuter eingeholt hätten, wie Sie angenommen hatten.«

»Ein schwacher Trost«, sagte der wütende Engländer verächtlich.

»Es ist das Beste, was ich Ihnen anbieten kann«, lautete die Antwort.

»Und was habt Ihr mit uns vor, jetzt, wo wir in euren Händen sind?«, fragte der Kapitän der Barke. »Hängen Sie uns an der Rah auf?«

»Sie werden wie Kriegsgefangene behandelt, Sir«, lautete die milde Antwort.

Die Gefangenen wurden gesichert und gerade unter Deck gebracht, als Terence Mooney nach hinten auf das Achterdeck kam, wo er mit abgenommenem Hut stand, mit den Händen herumwirbelte und versuchte, die Aufmerksamkeit seines Kommandanten zu erregen. Dieser beobachtete ihn und fragte schließlich: »Nun, Terence, was liegt jetzt in der Luft?«

»Bitte, Euer Ehren, ich habe einen Freund hier, der mit Eurer Erlaubnis in der Brigg mitfahren möchte, Sir«, antwortete der Ire.

»Ein Rekrut?«, fragte Channing, »und auch noch aus den Reihen der Gefangenen; nein, Terence, wir wollen nur unsere eigenen Landsleute, es sei denn, es handelt sich um einen von euch, der zumindest im Herzen sicher bei uns ist.«

»Das ist es ja, Euer Ehren, er ist Ire bis auf die Knochen.«

Wenn das der Fall ist, Terence, und Sie für sein gutes Benehmen die Verantwortung übernehmen, werden wir seinen Namen eintragen und er wird, wie die anderen auch, bezahlt werden.

»Oh, ich wünsche Ihnen ein langes Leben und alles andere«, sagte Terence.

Der ehrliche Hibernianer [Hibernia lateinisch Irland] tanzte zugleich vor Freude. Er hatte durch eine jener seltsamen Launen des Schicksals, die manchmal passieren, unter den Gefangenen einen alten Schulkameraden oder – besser gesagt – einen aus seiner Stadt getroffen, denn Terence hatte nur wenig Schulbildung genossen. Der Mann war sehr glücklich, sich seinem Kameraden anzuschließen und in der Brigg im Namen der Kolonisten dienen zu können.

Die Besatzung des gekaperten Schiffes bestand aus vierzehn Seeleuten und drei Offizieren. Drei der Seeleute und einer der Offiziere wurden getötet. Kapitän Channing hatte auf seiner früheren Seereise eine Lektion gelernt, die er nicht so schnell vergessen würde. Er teilte nun die alte Besatzung seines erbeuteten Schiffes auf, wobei er die Hälfte in jedem Schiff unter strengem Verschluss unterbrachte. Unter ihnen befanden sich zwei, die selbst Amerikaner waren und bereitwillig das Angebot annahmen, sich der Besatzung der Brigg anzuschließen.

Channing konnte es sich kaum leisten, seinen Ersten Offizier Jack Herbert zu entbehren, trotzdem beschloss er, ihm das Kommando über die Barke zu übertragen. Seine Mannschaft bestand aus sechs Mann aus der Brigg, unterstützt von den beiden Amerikanern, die sich den Siegern angeschlossen hatten. Herbert erhielt den Befehl, so nahe wie möglich an der Brigg zu bleiben, damit beide gemeinsam handeln konnten, wenn es sich als notwendig erweisen würde.

Die George aus Bristol stellte sich als eine reiche Beute heraus. Sie hatte einen großen Vorrat an

Handfeuerwaffen und Munition sowie eine beträchtliche Geldsumme in Münzen und eine leichte Ladung an Früchten an Bord. Sie war auf dem Weg zum Hafen von Boston gewesen, nachdem sie ihre Fracht aufgenommen hatte.

Beide Schiffe nahmen nun Kurs auf die Insel Kuba. Channing, der sich in diesen Gewässern nicht auskannte, hatte das Glück, in seiner Mannschaft ein paar zuverlässige Männer zu finden, die mehrere Jahre lang als Seeleute im Westindienhandel tätig gewesen waren. Diese Männer erwiesen ihm bei dieser Gelegenheit als Lotsen große Dienste.

Am Tag nach der Kaperung der Barke stand Channing an der Reling der Constance und blickte in Richtung dieses Schiffs, das ihm folgte, als er plötzlich einen Aufruhr an dessen Deck bemerkte. Als er sein Fernglas nahm, konnte er schnell erkennen, dass es einen Kampf oder zumindest einen ungewöhnlichen Tumult gab.

Die Toppsegel der Brigg wurden eingerollt, das Schiff ging an die Seite und Channing stieg in ein Boot, das zu der Barke hinruderte, die nun nahe neben der Constance war. Als er die sie erreicht hatte, hörte er die lauten Stimmen der streitenden Besatzung und Schreie um Hilfe und Gnade von einigen an Deck. Die Besatzung war offensichtlich so abgelenkt, dass sie das Herankommen von Channing nicht bemerkt hatten. Er konnte deshalb die Seite der Barke erklimmen, bevor er bemerkt wurde. Wie groß war seine Überraschung, als er Jack Herbert, seinen Ersten Maat, dem er soeben das Kommando über die Barke übertragen hatte, gefesselt und blutend an Deck vorfand, während zwei Männer, die er aus seiner eigenen Mannschaft abkommandiert hatte, über ihm standen, um ihn vor weiterer Gewalt seitens der übrigen Besatzung zu schützen!

Mit einer Pistole in jeder Hand und einem Gesicht, auf dem die feste Entschlossenheit wie ein Stern leuchtete, sprang er zwischen den beiden Parteien auf das Deck.

»Meuterei?«, sprach er, halb fragend.

»Sehen Sie, Euer Ehren – «, wagte sich einer der Männer zu sagen.

»Bleib friedlich«, sagte Channing, »wer hat dich zum Sprecher dieses Schiffes gemacht?«

»Wir dachten, Euer Ehren – «, begann ein anderer.

»Bleib, wo du bist, Bursche, keine Entschuldigung, es gibt keine. Bindet den Mann los«, sagte er mit so einer tiefen und musikalischen Stimme, dass man hätte meinen können, es handele sich um eine Probe zu einer Aufführung und nicht um eine echte Blutszene. Aber die Umstehenden sahen an den blauen Augen, die jede ihrer Bewegungen beobachtete, dass sie gehorchen *mussten*. Der Maat wurde schnell losgebunden, und die Männer schlichen zusammengekauert von der Stelle. Sie versammelten sich vorne in einem Haufen, und die unzufriedensten unter ihnen murrten laut.

Plötzlich sprang einer von ihnen auf, als wolle er irgendwelches Unheil stiften. Er rannte zum Seil an der Pinne hin, nahm sein Messer aus der Tasche, bereit es zu durchtrennen, als Channing, dessen schnelles Auge ihm gefolgt war, sagte: »Halt, was hast du vor?«

»Meiner Meinung nach sind sie nicht alt genug, Sir«, sagte der Mann frech, »um zwei Schiffe gleichzeitig zu befehligen.«

»Halt sage ich!«, herrschte Channing ihn an, »wenn du das Seil durchschneidest, beendest du deine eigene Existenz. Jetzt schneide, wenn du willst«, sagte er und richtete eine Pistole auf ihn.

Der Mann war einer aus der Besatzung, die aus dem erbeuteten Schiff kam und sich fälschlicherweise als Amerikaner ausgegeben hatte. Er hielt nur einen Augenblick inne, als sei er unschlüssig, dann schnitt er das Seil durch, woraufhin sich das Schiff augenblicklich windwärts neigte. Das war jedoch das Todessignal für den Meuterer. Channing machte ein paar Schritte auf ihn zu und schoss ihm eine Kugel direkt ins Herz. Der Mann stieß einen furchtbaren Schmerzensschrei aus und fiel als Leiche ins Meer.

»Wer ist noch hier, der das Schicksal dieses Mannes teilen will? Wer will noch so ein Beispiel für die anderen abgeben?«, sagte Channing, immer noch mit demselben tiefen, musikalischen Tonfall, während seine Augen wie lebendiges Feuer leuchteten und sein Finger auf dem Abzug einer weiteren Pistole ruhte. Ein paar von den Männern fielen nun auf die Knie und flehten um Vergebung.

»Ihr habt es euch redlich verdient, um an der Rah aufgehängt zu werden«, sagte er.

»Verschont uns«, riefen sie, und manche von ihnen zitterten vor Angst, als sie einen Blick auf ihren verstorbenen Gefährten geworfen hatten, der immer noch an ihrer Seite im Meer trieb.

»Das wird von eurem zukünftigen Verhalten abhängen«, war die Antwort.

Channing erfuhr bald, dass der Engländer, den er gerade erschossen hatte, die Ursache des ganzen Ärgers war und dass er mit seiner öligen Zunge die anderen von ihrer Pflicht abgehalten hatte. Sie fielen über Herbert her, als er unachtsam war, und fesselten ihn. Als Channing dann an Bord kam, diskutierten sie gerade darüber, ob es angemessen sei, den Maat zu töten, und waren im Begriff, die Gefangenen unter Deck freizulassen. Die beiden, die über dem Maat standen, waren nicht an dem Komplott beteiligt und hatten sich entschlossen, ihn zu schützen, soweit es in ihrer Macht stand.

Die Meuterer wurden an Bord der Constance gebracht und gegen eine gleiche Anzahl von Gefangenen ausgetauscht, woraufhin Channing diese sofort freiließ und ihnen mitteilte, dass es ihnen freistehe, ein ähnliches Schicksal wie ihr verstorbener Kamerad zu erleiden, wenn sie sich dazu entschließen würden, noch mal ein solches Spiel unter seinen Augen zu versuchen. Aber sie verstanden, mit wem sie es zu tun hatten und bemühten sich, durch ihre bereitwillige Befolgung jedes Befehls und ihren Eifer, ihre Pflicht zu erfüllen, zu zeigen, dass sie das kürzliche Verhalten wirklich bedauerten. Ein erneuter Ausbruch von Feindseligkeiten war nicht mehr zu befürchten; die Meuterer waren in ihrem Tun als auch im Geiste unterworfen. Niemand konnte dem Kapitän für sein Verhalten einen Vorwurf machen, und auch keiner aus seiner Mannschaft dachte daran. Es war ein kritischer Moment, denn bei einem einzigen Fehltritt wäre alles verloren und vielleicht das Signal für seinen eigenen Tod gewesen.

Es war jetzt nicht die Zeit zum Diskutieren, sondern um kühl und entschlossen zu handeln, um seine Autorität wiederherzustellen und den Männern zu zeigen, dass mit ihm nicht zu spaßen war. Er hatte keinerlei Leidenschaft gezeigt; Channing verlor nicht für einen einzigen Moment die Beherrschung. Nein, er sprach vielleicht einen Ton leiser, als er es gewohnt war, doch seine Worte an die Männer waren von einer furchterregenden Deutlichkeit, die nicht zu überhören war.

Kapitän Channing hatte nicht die Absicht, mit seinen Schiffen in den Hafen von Havanna einzulaufen, sondern schlug vor, einen ruhigen Ankerplatz außerhalb zu suchen. Er wollte bei Nacht mit der Besatzung eines ausgewählten Bootes in den Hafen einzulaufen und dann versuchen, Lovell und seinen Begleiter aus dem Elend zu befreien. Die Schiffe wurden daher außerhalb des Hafens vor Anker gebracht, und durch die Erhebung eines für sie günstig gelegenen Hügels waren sie vor einer Beobachtung verborgen.

Channing ließ seinen Ersten Maat Jack Herbert rufen, und es wurde vereinbart, den Versuch der Befreiung des Gefangenen noch in dieser Nacht zu vorzunehmen. Dann fragte er ihn: »Sie sind sicher, dass Sie sich an das Gelände erinnern?«

»Jeden Zentimeter davon«, sagte Herbert.

»Und der Kerker?«

»Der ist am Eingang auf der Backbordseite.«

»Glauben Sie, dass Sie uns sicher führen können?«

»Natürlich, Sir, wenn man den Weg kennt.«

»Das ist alles. Ich kenne ihren Mut, Herbert.«

»Danke, Sir«, sagte Jack.

»Nun denn, ich werde heute Abend um zehn Uhr ein Boot nehmen und gut bewaffnet mit sechs Männern in den Hafen fahren«, sagte Channing. Nachdem wir gelandet sind, werden wir zuerst zwei Gruppen bilden. Er holte eine kleine Karte aus seiner Tasche heraus, die Herbert aus dem Gedächtnis gezeichnet hatte, und die das Gefängnis und das angrenzende Gelände darstellte. Er zeigte auf den hinteren Teil des Gefängnisses: »Wir müssen uns hier aufteilen und mit jeder Gruppe auf verschieden Seiten herumgehen und es schaffen, die Wächter zum Schweigen bringen, die an den verschiedenen Ecken postiert sind. Das muss so leise wie möglich geschehen, kein Lärm, verstehen Sie, das würde alles zerstören.«

»Ja, Sir, sonst würde sich die ganze Kaserne auf uns stürzen.«

»Wenn die Wachen erst einmal ruhig gestellt sind und wir uns Zugang zum Kerker verschafft haben, denke ich, dass es keine weiteren Probleme geben wird. Haltet Ihr meinen Plan für gut und praktisch, Mr. Herbert?«

»Genau richtig, Sir.«

»Vieles wird von unserer Besonnenheit abhängen.«

»Alles, Sir.«

»Das muss den Männern eingebläut werden.«

»Ich werde sie gut vorbereiten, Sir, bevor wir aufbrechen«, sagte Herbert. »Ein großer Vorteil, den wir haben werden, ist, dass diese verfluchten spanischen Wachen die Hälfte der Zeit auf ihren Posten schlafen, und wenn wir zur rechten Zeit ankommen, können wir sie beim Schlafen erwischen, und damit wäre schon die Hälfte der Schlacht gewonnen, Sir.«

»Erinnern Sie sich, zu welcher Stunde die Wache abgelöst wird?«, fragte Channing.

»Lassen Sie mich nachdenken – um acht, zwölf und vier, glaube ich.«

»Wir müssen es schaffen, gegen ein Uhr nachts anzukommen. Die Mitternachtswache wird sich bis dahin bequem in der Wache eingerichtet haben«, sagte Channing.«

»Genau, Sir, der Kerl wird zu der Zeit schon schnarchen, wie ich fest annehme.«

»Ich werde die Männer aus der Brigg holen, Mr. Herbert, und Sie können gegen halb zehn gut bewaffnet an Bord kommen, Sir.«

»Wird ein Boot ausreichen, Sir?

»Für alle Zwecke ist eines besser als zwei, denn wir müssen hier eine starke Truppe für die Gefangenen zurücklassen, um die man sich kümmern muss.«

»Sehr richtig, Sir«, antwortete Herbert.

»Um ein solches Unternehmen zu wagen, nehme ich lieber sechs ausgewählte Männer mit, und zwar gute, als einfach nur die dreifache Anzahl«, sagte Channing.

So trennten sich der Kapitän und sein Erster Maat, um sich zur festgesetzten Stunde wieder für das gefährliche Unterfangen zu treffen.

Das milde und wunderbare Klima Kubas gleicht mehr den elysischen Gefilden der Posie, als der Luft um die Inseln des Ozeans herum. Wunderschön ist in der Tat der wohltuende Einfluss der milden Zephire [warme Westwinde, laue Lüftchen], die über diesen friedlichen Meeren wehen.

Als der Abend sich niederließ und seinen weiten Mantel über Land und Meer warf, lagen die beiden

Schiffe Seite an Seite, dicht unter dem Windschatten der Insel, während der junge Kommandant mit offensichtlicher Ungeduld auf die Stunde wartete, in der das geplante Unternehmen beginnen sollte.

Endlich, zur festgesetzten Zeit, kam Herbert von Bord der Barke, und die Männer wurden zu ihrer Aufgabe beordert. Jeder wurde mit Waffen versorgt, und das Boot, mit Herbert am Ruder, lag nun an der Seite der Brigg und wartete auf das Kommen von Channing. Bald darauf kam er aus der Kajüte. Er war mit einer weißen Hose und einem schicken Gehrock bekleidet; um seine Taille war eine schwere Seidenschärpe gebunden, in die ein paar Pistolen gesteckt waren, und an seiner Seite hing ein leichtes, aber brauchbares Entermesser. Auf dem Kopf trug er eine anmutige Samtmütze und sah aus wie ein richtiger, mannhafter Seemann. Er stieg schnell zum Boot hinunter und nahm im Vorschiff Platz, um Mr. Herbert zu fragen:

»Sind die Ruder gedämpft, Sir?«

»Jawohl, Sir!«

»Sonst alles in Ordnung?«

»Alles, Sir, wie befohlen.«

»Bleiben Sie noch«, sagte Channing.

»Steward, reichen Sie mir die Pistolen und Entermesser auf dem Kajütentisch; die Gefangenen könnten Waffen brauchen, wenn wir sie befreit haben.«

»Alles bereit, Sir?«, fragte Herbert den Kapitän, nachdem die Waffen gebracht worden waren.

»Ja, Sir.«

»Leinen los!«, sagte Herbert.

»Alles klar, Sir.«

»Los Männer, gleichmäßig, alle zusammen!«

Diese Befehle wurden in rascher Folge gegeben und sofort befolgt, dann fuhr das Boot mit der Geschwindigkeit eines Pfeils seiner Mission entgegen.

Es war eine lange Strecke vom Ankerplatz der Schiffe bis zur Einfahrt in den Hafen von Havanna, aber die Zeit war gut berechnet worden, und die Mündung wurde zum gewünschten Zeitpunkt erreicht. Das Boot glitt sofort von der offenen See in den ruhigen, von Land umschlossenen Hafen, ohne dass sie belästigt wurden. Dann hielten sie gut auf das Ufer zu und erreichten bald den Abschnitt, an dem sie von Bord gehen wollten.

An dieser Stelle kann ich nicht umhin, einzuhalten und ein Wort über die breite und immer schöne Bucht zu verlieren, in der eine Flotte von Schiffen ruhig vor Anker liegen kann, deren Einfahrt aber jeweils nur ein einziges Schiff zulässt.

Wer hat nicht schon von der berühmten Moro-Burg gehört, die bis heute die Mündung des Hafens von Havanna bewacht? Wer kann jemals den rauen, heiseren Ruf von dem Moro-Leuchtturm vergessen, der an diesem vorbei in das märchenhafte Becken jenseits eingelaufen war. Die Ufer sind zwar nicht sonderlich schroff, aber dennoch sehr schön. Die hohen majestätischen Palmen und andere tropische Bäume, die sanfte Schönheit des Laubes und des Grüns, der glühende Himmel und die feurige Sonne erinnern daran, dass man sich in einem Land des ewigen Sommers befindet.

Sie werden in Ihrer Fantasie in die Zeit zurückversetzt, in der die erschöpfte Barke des Kolumbus zum ersten Mal durch den markerschütternden Ruf aufgemuntert wurde: 'Land in Sicht!', und als der tapfere Abenteurer und Entdecker schließlich in Frieden vor der sonnigen Insel Kuba ruhte.* [* über den Ort, an dem Columbus Amerika entdeckt hat, streiten sich die Geister. Dies gilt auch für seine letzte Grabstätte. Gestorben ist er in Spanien; er soll aber mehrfach zwischen der Alten und Neuen Welt umgebettet worden sein.]

Channing und sein zweiter Offizier ließen nur einen aus der Besatzung für das Boot verantwortlich zurück und schlichen sich leise und unbeobachtet zu dem Gefängnis, in dem Lovell und sein Gefährte eingesperrt waren. Als sie sich aber den zerklüfteten Mauern näherten, hörte man den leisen Ruf des schläfrigen Wächters an der östlichen Ecke: »Wer kommt da?«

Auf diesen Ruf wurde keine Antwort gegeben, während Herbert den Männern flüsternd befahl, dicht zusammenzubleiben. »Ich werde diesen Kerl zum Schweigen bringen«, sagte er zu Channing.

Herbert war bald auf Händen und Füßen kriechend an ihm dran. Kaum war die zweite Aufforderung ausgesprochen, sprang er von hinten auf den Soldaten zu und setzte ihm sein Knie in die Mitte des Rückens, sodass er sofort zu Boden ging. Im nächsten Moment wurde dem Wächter sein Halstuch in den Rachen gesteckt, um ihn daran zu hindern, Alarm zu schlagen. Auf ein vorher abgemachtes Signal von Herbert kam die Mannschaft zur Stelle gerannt und fesselte ihn. Die anderen drei Soldaten wurden, wie vorhergesagt, beim Schlafen erwischt, und jeder von ihnen wurde lautlos gesichert und geknebelt. So wurden sie an Händen und Füßen gefesselt und in den kleinen Wachraum vor dem Gefängnis gebracht, wo sie von einem Mitglied der Besatzung bewacht wurden.

Der Rest der Gruppe, angeführt von Herbert als Führer und Channing als Kommandant, suchte die Wohnstube des alten Kerkermeisters auf, der bald dazu gebracht wurde, die Schlüssel herauszugeben. Kaum war die Zelle, in der man die beiden jungen Amerikaner vermutete, aufgeschlossen, erschienen zwei Männer mit behaarten Gesichtern, die beide Herbert sofort erkannten. Dieser konnte umgekehrt aber kaum glauben, dass die beiden elenden Wesen vor ihm seine ehemaligen Gefährten waren. Er fand aber bald heraus, dass es in dieser Hinsicht keinen Irrtum geben konnte, zumindest nicht, was ihre Wachheit im Kopf betraf, und dieser wurde bald bei ihrer warmen Umarmung getätschelt.

»Du bist also endlich gekommen«, sagte Lovell, nachdem er sich von seinem Gefühlsausbruch erholt hatte. »Ich hatte schon befürchtet, dass du dich kaum noch an uns erinnern würdest, nachdem du wieder zu Hause angekommen bist und dort die Freuden und Annehmlichkeiten genießt.«

»Du hättest es besser wissen müssen, Bill«, sagte Herbert und wischte sich über die Augen.

»Stimmt, ich habe dir unrecht getan; vergib mir.«

Und die beiden schüttelten sich wieder herzlich die Hände und trockneten sich dabei die Augen.

»Kommt, wir verschwenden Zeit«, sagte Channing, der sich bemühte, seine Erregung angesichts des offensichtlichen Leids, das sich vor ihm zeigte, zu unterdrücken.

»Wen haben wir denn hier?«, fragte Lovell und deutete auf Channing.

»Das ist der Kapitän, dem du alles zu verdanken hast, denn allein hätte ich das nicht geschafft. Verdammt, ich habe meine Manieren vergessen«, fuhr der gute Jack Herbert fort.

»Darf ich Sie vorstellen – Kapitän Channing, und das ist Mr. Lovell, Sir, und dies sein Gefährte, für die Sie so weit gereist sind, um sie zu befreien.«

»Zu ihren Diensten, meine Herren«, sagte Channing.

»Was könnte eine solche Großzügigkeit veranlasst haben?«, fragte Lovell den Kapitän.

»Nein, meine Herren«, sagte Channing, »Sie müssen Ihren Dank für die Person aufsparen, die mich geschickt hat, und daran denken, dass ich nur ein Agent bin.«

»Dann sind Sie ein sehr treuer Agent«, sagte Lovell und drückte herzlich die Hand des Kapitäns, die in seinem Griff zitterte.

»Fröstelt Sie die Feuchtigkeit des Gefängnisses, Sir?«, fragte Lovell, »wir haben uns daran gewöhnt.«

»Kommen Sie, kommen Sie«, sagte Channing, ohne eine Antwort darauf zu geben, »wir verschwenden Zeit, und das an einem Ort, von dem eine Flucht so wünschenswert ist.«

Die Gruppe eilte aus dem Gefängnis, das wartende Boot wurde schnell und unbehelligt erreicht, und als alle sicher an Bord waren, fuhren sie eiligst aus dem Hafen hinaus, hin zu dem Ort, wo die Schiffe vor Anker lagen.

Kaum hatte das Boot den ruhigen Hafen verlassen, hörten sie durch den Trommelwirbel und die Geräusche von Hektik und Verwirrung, dass Alarm ausgelöst worden war. Sie waren jetzt aber in Sicherheit und lachten über den Klang dieser Aufregung, der über den stillen Schoß des Meeres zu ihnen drang.

Sie erreichten sicher die Brigg und kletterten an Bord. Die Anker wurden gelichtet, und die Schiffe stach sofort in See.

Nach seiner Ankunft auf der Constance und nachdem er einige notwendige Erklärungen in Bezug auf bestimmte Angelegenheiten der Brigg abgegeben hatte, war es die erste Handlung von Kapitän Channing, William Lovell zum ersten Maat zu ernennen und ihn seiner Mannschaft als diesen vorzustellen.

Kapitel V.

EIN TREUER WÄCHTER, EIN VORSCHLAG, EINE LIST, EINE AUFLÖSUNG, SEGEL IN SICHT!, DER LANGE TOM FÜHRT EIN WEITERES GESPRÄCH, EINE WERTVOLLE BEUTE, MEHR GEFANGENE ALS SIEGER, ENTTÄUSCHUNG DES FEINDES.

Channing bot den beiden befreiten Amerikanern jeglichen Komfort, den die Brigg zu bieten hatte, und zeigte damit, dass er sie freundlich und wohlwollend behandelte und dass ihm ihre Interessen am Herzen lagen. Der Tag verlief in der üblichen Routine des Schiffes, das seinen Nordkurs beibehielt. Der junge Lovell und sein Gefährte aus der Gefangenschaft sahen wie andere Wesen aus, nachdem sie sich rasiert hatten, mit bequemer Kleidung ausgestattet worden waren und ein paar Tage mit bester Versorgung und relativer Ruhe genießen konnten.

Kapitän Channing, der von den kriegerischen Fähigkeiten und der Erfahrung Lovells unterrichtet war, hatte ihn, wie wir gesehen haben, unmittelbar nach seiner Ankunft an Bord der Constance zu seinem Stellvertreter ernannt. Seit dieser Zeit hatte er die Führung und das Segeln des Schiffes fast vollständig ihm allein anvertraut, während er den größten Teil seiner Zeit in seiner Kajüte unter Deck verbrachte, anscheinend zum Studieren, Lesen usw., und nur selten, und dann nur für kurze Zeit, an Deck erschien.

Am vierten Tag nachdem sie Havanna verlassen hatten, ließ Kapitän Channing aus der Kajüte verlauten, dass er Mr. Lovell zu sehen wünschte. Der Maat kam sofort und grüßte den jungen Kommandanten mit dem gebührenden Respekt, denn Channing war streng und verlangte die Einhaltung der üblichen Formen an Bord. Lovell hatte von dem edlen Verhalten des Kapitäns während der Reise erfahren – von der Niederschlagung der Meuterei und von verschiedenen anderen Dingen. Dies hatte in ihm den Wunsch aufkommen lassen, sich ernsthaft um eine Gelegenheit zu bemühen, bei der er seine Bewunderung und seinen Respekt auszudrücken konnte.

Aber seit seiner Ankunft an Bord war der Kapitän, wie gesagt, fast ausschließlich unten geblieben und hatte die Leitung der Dinge ihm, seinem Ersten Maat, überlassen, in den er anscheinend sein ganzes Vertrauen und seine Zuversicht setzte. Er hatte sich nur selten an Deck blicken lassen, und wenn, dann in einer Weise, die jeden Versuch ausschloss, sein Ohr auch nur einen Augenblick lang für ein Gespräch zu gewinnen.

»Der Kapitän sieht sehr attraktiv aus, finden Sie nicht auch?«, sagte Herbert eines Tages zu Lovell, als er während einer ausgeprägten Windstille die Barke verließ und an Bord der Brigg kam. »Er ist offensichtlich von ihrem Mädchen beauftragt worden, die dort unten in Lynn, in dem Dörfchen beim High Rock, wohnt. Ich möchte so einen jungen Helden nicht als *Rivalen* haben, Lovell, das sage ich Ihnen!«, meine Herbert eher scherzhaft.

»Seit wir von Kuba aus gesegelt sind, habe ich versucht, ein paar Minuten lang seine Aufmerksamkeit zu bekommen«, sagte Lovell, »aber er hat sich dort unten so behaglich eingerichtet, dass man nicht viel von ihm sieht, obwohl das alles ein Kompliment für mich ist, wegen meiner Arbeit, Herbert, meinen Sie nicht auch?«

»Natürlich, Sir, denn er vertraut Ihnen sehr.«

»So sehe ich das auch, Herbert. Aber er ist ein strenger, mürrischer Mann, denke ich, und er muss etwas Schlechtes erlebt haben – er lacht nie.«

»Aber er ist ein Gentleman, jeder Zentimeter von ihm«, sagte Jack Herbert warmherzig. »Und ob Feind oder nicht Feind, er ist knallhart, wenn er gefordert wird. Beim Himmel, Mr. Lovell, er hat nicht mehr Aufhebens daraus gemacht, diesen meuternden Engländer in die Ewigkeit zu pusten, als ich es getan hätte, einen Hund abzuschießen.«

»Ich bin auf jeden Fall in seiner Schuld«, sagte Lovell nachdenklich.

»Natürlich sind Sie das. Sie müssen ihm dankbar sein, dass Sie in dieser Stunde nicht in diesem verfluchten Gefängnis in Havanna verrotten. Was hätte ich allein tun können? Einfach gar nichts; es brauchte ihn, um das Geschäft zu planen und, was das betrifft, auch auszuführen.«

»Seltsam, dass dieser Ire darauf besteht, *jede* Nacht an seiner Kabinentür zu schlafen, wenn er nicht auf Wache ist«, sagte er dann. »Können Sie mir das erklären?«

»Nun«, sagte Lovell, »Terence liebt den Kapitän, weil er seiner armen alten Mutter geholfen hat, als sie im Sterben lag. Sie sehen, diese Iren können sich an einen Gefallen so gut erinnern wie die besten von uns. Seit dem versuchten Attentat auf ihn durch Kapitän Brownless und dem englischen Koch weicht dieser Terence nicht mehr von dem Ort, wo der Kapitän ist. Er sagt, er müsse beim nächsten Kampf dabei sein, und deshalb bewacht er die Tür.«

»Treuer Bursche«, sagte Lovell.

Am Tag nach diesem Gespräch wurde Lovell, wie bereits erwähnt, in die Kabine des Kapitäns gerufen.

»Mr. Lovell«, sagte der Kapitän, »nehmen Sie Platz, Sir.«

»Ich danke Ihnen, Sir.«

»Wissen Sie, wer mich beauftragt hat, Sie und Ihren Kameraden aus dem Gefängnis zu befreien?«, fragte der Kapitän.

»Mr. Herbert hat mir gesagt, Sir, dass sie es war, diejenige, die mir das Liebste auf der ganzen Welt ist. Ich habe schon mehrmals versucht, mit Ihnen über dieses Thema zu sprechen, aber ich glaubte, bei Ihnen keinen Wunsch zu einem Gespräch zu erkennen, Sir, und habe mich daher mit dem begnügt, was ich von Mr. Herbert erfahren konnte.«

»Sie ist ein gutes Mädchen, Sir, und ich beneide Sie fast darum«, sagte der Kapitän.

»Danke, Sir, ich kann mir den ganzen Tag lang mit größter Geduld Komplimente über sie anhören.«

»Meine Güte, Mr. Lovell, könnte ich nicht selbst etwas bei ihr erreichen? Was meinen Sie dazu, Sir? Denken Sie nicht, dass ich bei der Dame Erfolg haben könnte?«

Lovell stand einen Moment lang verwundert da und sagte dann, halb im Zweifel, »ich bitte um Verzeihung, Sir.«

»Wofür bitten Sie um Verzeihung, Mr. Lovell?«, fragte der Kapitän.

»Ich verstehe Sie nicht ganz, Sir.«

»Sie sind sehr begriffsstutzig.«

»Ich fürchte, das bin ich, Sir.«

»Wenn ich Ihnen zum Beispiel diese Brigg mit all ihrer Ausrüstung und Bewaffnung schenken würde, wären Sie dann nicht bereit, die Dame aufzugeben, um Kapitän und Eigner des schnellsten und besten Kaperschiffs zu werden, das aus den Kolonien hinausfährt? Was sagen Sie dazu, Mr. Lovell?«

Lovell hielt einen Moment inne, aber weniger um über den Vorschlag nachzudenken, der ihm gemacht wurde, sondern wegen seines Verdachts, *dass der Mann vor ihm Burnet war, der ehemalige Kapitän des königlichen Kutters,* den er nie gesehen hatte und nur von der Beschreibung her kannte. Aber was könnte ihn dann dazu bewogen haben, seine Befreiung aus dem Gefängnis in Angriff zu nehmen?

'Ich sehe es jetzt ganz klar', sagte Lovell zu sich selbst, Fanny hat diesen Dienst zum Preis für ihre Hand gemacht, und die Belohnung, die er erhält, wird der Todesstoß für mein Glück sein.'

In seiner Aufregung stand Lovell auf und ging eilig durch die Kabine; schließlich wandte er sich an den Kapitän und sagte:

»Kapitän Channing, oder wie auch immer Sie heißen mögen, ich bitte um Verzeihung. Sir, ich will Ihnen gegenüber nicht respektlos sein, im Gegenteil, ich stehe bereits tief in Ihrer Schuld, aber wenn mir ein anderer Mann diesen Vorschlag gemacht hätte, hätte ich ihn bis zum letzten Atemzug bekämpft. Verdammt, Sir«, sagte Lovell und wärmte sich selbst an dem ausgesprochenen Gedanken, »kann man das Mädchen seines Herzens zu einer Handelsware machen?«

»Verzeihen Sie, Mr. Lovell«, sagte der Kapitän und bemühte sich, einige offensichtliche Gefühle in dieser Angelegenheit zu unterdrücken, »aber ich wollte sehen, ob Sie eines so guten Mädchens würdig sind, denn ich muss Ihnen sagen, Sir, dass ich nur auf ihr Drängen hin hier bin.«

»Ich freue mich über diese Erklärung, Sir«, sagte Lovell dankbar, »aber ich fürchte, dass ich die Schuld, in der ich bei Ihnen bin, niemals zurückzahlen kann.«

»Je weniger zu diesem Punkt gesagt wird, desto besser, Mr. Lovell. Ich werde von einer Quelle bezahlt, die Ihnen noch genannt werden wird.«

»Meine Dankbarkeit ist deshalb nicht geringer, Sir«, sagte Lovell, halb zitternd angesichts der Bedeutung der letzten Worte des Kapitäns.

»Ich nehme an, Sie haben vom Stand der Dinge in Boston gehört, Mr. Lovell«, fragte der Kapitän, der offensichtlich das Gespräch wechseln wollte.

»Wie ich höre, wird die Stadt von der Kontinentalen Armee belagert«, sagte Lovell.

'Ja, und sie sind am Verhungern.'

»Ich kann es kaum erwarten, an dem Drama teilzuhaben«, fügte Lovell hinzu.

»Herbert hat Ihnen zweifellos von den Ereignissen in Lexington, Concord und Breed's Hill berichtet. Die Amerikaner haben die königlichen Truppen zumindest gelehrt, dass sie es mit keinem gewöhnlichen Feind zu tun haben und dass die hochtrabende Macht der königlichen Armee nicht unbesiegbar ist. Die Kontinentalarmee steht nun auf einer Länge von zwölf Meilen von Roxbury bis Cambridge unter dem Kommando von Washington, der von Putnam, Lee und den fähigsten Männern der Provinz, die sich zusammengefunden haben, unterstützt wird. Dort wird es bald eine harte Auseinandersetzung geben, wenn sie nicht schon stattgefunden hat«, sagte der Kapitän.

»Und während dieser ganzen Zeit habe ich untätig in einem spanischen Gefängnis gelegen«, sagte Lovell. »Ich bin ganz ungeduldig, Sir, mich in den glorreichen Dienst der Freiheit zu stellen.«

»Ich habe mir überlegt«, fuhr Channing fort, »dass die Barke dort drüben keine schlechte Errungenschaft für die Truppen der Kolonisten sein wird, und dann haben wir eine ziemlich große Menge an Pulver und Kleinwaffen an Bord, die von der Belagerungsarmee dringend benötigt werden.«

»Das stimmt, Sir, zweifellos«, antwortete Lovell. »Meiner Einschätzung nach werden wir in wenigen Tagen an der Küste sein und vielleicht auf ein englisches Schiff stoßen, das wir erbeuten können.«

»Wir müssen zuerst auf uns selbst aufpassen, Mr. Lovell«, sagte der Kapitän, »denn im Hafen von Boston wimmelt es nur so von Kriegsschiffen.«

»Ich bitte um Verzeihung, Sir, aber – «

»Aber was, Mr. Lovell?«

»Ich wollte Sie gerade fragen, Sir, ob wir uns schon einmal begegnet sind.«

»Ich glaube, Sie haben mich jeden Tag gesehen, Mr. Lovell, seit Sie an Bord der Constance gekommen sind. Ich selbst habe Sie ganz sicher gesehen.«

»Ich meine, Sir, vor längerer Zeit.«

»Wir könnten uns in Boston begegnet sein.«

»Vielleicht ist es so«, sagte Lovell, »aber ich habe noch nie erlebt, dass ein Gesicht einen solchen Eindruck auf mich gemacht hat.«

»Ich hoffe, Sie sind mit Ihrem Kapitän zufrieden, Sir.«

»Gewiss, Kapitän – verzeihen Sie mir meine Unverschämtheit. Ich war wirklich ein wenig in Gedanken versunken. Aber Sir, der Himmel sei mit mir, warum ähneln Sie so sehr der Familie Campbell in Lynn, um ein Mitglied von ihnen sein zu können?«

»Man hat mir gesagt, dass ich für einen Amerikaner ziemlich dunkel bin«, sagte der Kapitän. »Ist die Familie, von der Sie sprechen, in dieser Hinsicht besonders?«

»Ganz und gar nicht, Sir.«

»Wo ist dann die Ähnlichkeit?«

»Das ist genau die Sache, die mich in den letzten fünf Minuten so verwirrt hat, Sir, denn wären Sie von hellerer Hautfarbe – «

»Nun, Sir?«

»Ich – Gott im Himmel«, sagte Lovell, »wie ähnlich Sie ihr sind.«

»Was verwirrt Sie jetzt, Mr. Lovell?«

»Ich habe an zu Hause gedacht, Sir«, sagte Lovell nachdenklich.

»Glückliche Gedanken, hoffe ich.«

»Oh, ja«, sagte Lovell ein wenig geistesabwesend.

»Sie scheinen über etwas überrascht zu sein, Mr. Lovell.«

»Ja, Sir, das ist – oh, mein Gott«, rief Lovell und starrte den Kapitän mit offenem Mund voller Überraschung an.

»William!«, rief der Kapitän.

»Fanny, du!«

Sofort fielen sich die beiden in die Arme.

»Meine Fanny«, sagte Lovell.

»Immer die Deine«, war die Antwort.

»Tapferes Mädchen, das ist ja fast ein Wunder!«

»Ohne den Segen des Himmels wäre alles misslungen, William; danken wir also dem Himmel für den glücklichen Ausgang.«

»Aber ich kann nicht glauben, dass eine Frau, ein Mädchen von gerade einmal zwanzig Jahren, das vollbringen kann, was du getan hast, Fanny, wie ist das möglich? Du hast etwas gemacht, was einem Marinekapitän zur Ehre gereicht hätte«, und er drückte sie wieder an seine Brust. »Und ich bin seit vier Tagen hier in dieser Brigg mit dir, und mein Herz hat mir nicht gesagt, dass ich dir so nahe bin; wie kann das wahr sein?«

»Kein Wunder, du hast mich für dunkelhäutig wie ein Farbiger gehalten.«

»Ich habe nicht einmal geahnt, dass du dich gefärbt hast.«

»Das ist eine Paste, die man aufträgt, um sich besser zu tarnen.«

»Sehr gut gemacht«, bestätigte Lovell.

»Das hat sich so bewiesen, denn sie hat sogar dich getäuscht«, sagte Fanny und lachte durch ihre Freudentränen hindurch.

»Es war gut durchdacht, mein edles Mädchen«, sagte Lovell, »und auch diese Kleider – ich habe dich nie interessanter gesehen.«

Fanny errötete sogar durch den tiefen Braunton hindurch, der ihre hübschen Wangen färbte.

Und wann sieht eine Frau interessanter aus, als wenn sie die bescheidene Farbe der Tugend preisgibt. Es ist ein Regenbogen des Herzens, der zeigt, dass es vom Bösen und von der Bitterkeit der Welt unbelastet ist.

»Soll ich jetzt bis zum Ende der Reise so bleiben?«, fragte Fanny.

»Keine Privilegien für mich«, sagte Lovell. »Du bist hier immer noch der Kapitän und hast das Kommando. Das wird hoffentlich auch so bleiben.«

»Ja, auch ich halte es für das Beste. Ich denke sogar, dass es absolut notwendig ist und ich meine Verkleidung bis zu unserer Ankunft im Hafen beibehalte.«

»Das ist es, gewiss«, sagte Lovell. »Aber sag mir, Fanny, wie konntest du die Kenntnisse erlangen, die du in dieser Notlage an den Tag gelegt hast? Ich gebe freimütig zu, dass du diese Brigg so gut gesegelt und diese stürmischen Kerle befehligt hast, wie ich es nur mit jahrelanger Erfahrung hätte tun können.«

»Ich erzähle es dir, William. Bald nach deiner Abreise von zu Hause, und da mein Herz an der See hängt, fuhr ich fast die ganze Saison über mit meinem Vater hinaus, bis ich die Führung des Schoners verstanden hatte. Du erinnerst dich, dass von seiner Ausrüstung her eine halbe Brigg ist.«

»Ich habe auch jedes nautische Werk gelesen, das ich mir beschaffen konnte, auch allein aus Liebe zu denjenigen Gewässern, von denen ich wusste, dass du dich dort aufhältst. Aber niemals, auch in meinen romantischsten Momenten, hätte ich mir vorstellen können, dass diese Kenntnisse mir so nützlich sein würden, wie sie sich jetzt erwiesen haben. Von unserem gütigen Freund Rev. Mr. Livingston aus Boston lernte ich die Navigation, auch praktisch, denn wie du weißt, war er viele Jahre lang Seemann. Seitdem haben Erfahrung und Glück den Rest besorgt.«

»Du warst ein sehr begabter Schüler«, sagte Lovell.

»Sag lieber ein williger, William.«

»Ich kann beides bestätigen, und zwar aufrichtig.«

»Du bist stur wie immer«, sagte Fanny in neckendem Ton.

»Aber warum hast du dich vier Tage lang vor mir versteckt?«, fragte Lovell.

»Ich habe mich die meiste Zeit unten im Schiff aufgehalten, um dir die Möglichkeit zu geben, dich wieder einigermaßen frei zu fühlen, bevor du erfährst, dass es deine Fanny war, die dich befreit hat – natürlich unterstützt von einer edelmütigen und engagierten Mannschaft.«

»Ich hielt es aus vielen Gründen für das Beste und dachte, dass ich damit glücklicher fühlen würde. Ich werde nun wie bisher an Deck erscheinen, und du wirst sehen, wie willig und geschickt diese Burschen sind. Würdest du es glauben, William – sie lieben mich. Ich glaube es wirklich, auch wenn ich manchmal eine gewisse Strenge an den Tag gelegt habe« – und hier schaute Fanny so grimmig, wie sie nur konnte, um ihre Worte zu verstärken.

»Wie könnten sie anders, als dich zu lieben, Fanny?«, sagte Lovell. Dann packte er sie zärtlich in seine Arme und drückte ihr einen Kuss auf die Lippen.

»So, das genügt«, sagte sie und löste sanft seine Umarmung, »du darfst kein Jota in deinem Respekt oder deiner Distanz nachlassen, William, während du an Deck und vor den Leuten bist, oder wir könnten eine weitere Meuterei haben; pass auf, dass du mich mit Kapitän Channing ansprichst, vergiss das nicht.«

»Ich werde es mir merken, glaub mir.«

Danach begaben sich die beiden auf das Achterdeck, wobei Lovell seinem kommandierenden Offizier den üblichen Respekt zollte.

»Segel in Sicht«, rief der Ausguck mit dem gedehnten Tonfall, der für dieses Signal typisch war.

»Wo?«, fragte der Kapitän prompt.

William Lovell konnte seine Nervosität nicht verbergen, aus Furcht, dass Fanny sich verraten würde. Jetzt, da er das Geheimnis ihrer Verkleidung kannte, fürchtete er, dass es jeden Moment auffliegen könnte. Aber es fehlte an nichts. Sie war perfekt, sogar in allen Feinheiten des Jargons der Seeleute.

»Zwei Strich am Steuerbordbug«, antwortete der Ausguck.

Fanny nahm ein Fernglas und beobachtete mehrere Minuten lang sehr gelassen den Fremden.

»Engländer, glaube ich«, bemerkte sie zu Lovell und deutete auf das fremde Schiff.

»Das sehe ich auch so«, lautete die Antwort.

»Es bleibt abzuwarten, ob wir fliehen oder kämpfen werden«, sagte Kapitän Channing (denn so werde ich Fanny weiterhin nennen, die für die Mannschaft immer noch dieselbe war), »es muss ein schnelles Schiff sein, gegen das die Constance auch jedes Toppsegel brauchen würde.«

Schnell näherten sich die beiden Schiffe, und es war deutlich zu erkennen, dass es sich bei dem Fremden um ein englisches Schiff von etwa fünfhundert Tonnen handelte, also viel größer als die Constance. Dass das Schiff auch bewaffnet war, wurde bald klar, denn plötzlich stieg eine Rauchwolke von ihrem Bug auf, und gleich darauf drang der dumpfe, schwere Klang einer Kanone über das Wasser auf die Brigg herab.

»Zeigen Sie ihnen die Zähne, Mr. Lovell, das ist es, was sie wollen.«

»Aye, aye, Sir«, sagte der Maat und befolgte prompt den Befehl.

Aber kaum hatte die Flagge der Kolonien ihren Platz oben am Mast erreicht und sich im Wind ausgebreitet, da dröhnte von dem Fremden ein weiteres Geschütz über das Meer, das diesmal auch geladen war. Die Kugel flog aber weit vor der Brigg und der sie begleitende Barke ins Wasser und warf einen Gischtstrahl in die Höhe, als sie auf dem Meer aufschlug und in die Tiefen versank.

Der Kapitän und der Erste Offizier unterhielten sich einige Augenblicke lang ernst miteinander, dann wandte sich der Kapitän mit strahlender Miene an die Besatzung und sagte: »Macht den Langen Tom frei und seid bereit zum Einsatz.«

Ein Dutzend williger Hände führte den Befehl sofort aus, und der Maat nahm bald seinen Platz an der Kanone ein, um deren Handhabung zu überwachen, aber erst, nachdem er Fanny mit leisen Worten aufgefordert hatte, das Deck zu verlassen und sich unter Deck in Sicherheit zu bringen.

»Was! Ich soll mich unter Deck schleichen?«, sagte Fanny, »Nein, nein, ich habe dieses Spiel schon einmal gespielt.«

»So ist es recht«, sagte Terence Mooney, als der Befehl gegeben wurde, die Kanone klarzumachen. »Lasst mich nur diese gekreuzte englische Flagge anschauen, und ich kämpfe den ganzen Tag, auch während des Essens. Jawohl, ihr Dummköpfe«, sagte er und zog sich bis auf Hemd und Hose aus, um an der

Kanone zu arbeiten. Terence liebte die Engländer ungefähr so sehr wie seine satanische Majestät das Weihwasser, und keinesfalls mehr, glauben sie mir.

»Seid ruhig, ihr da vorne«, sagte Lovell, als er das laute Gerede von Terence hörte, der sich auf dem Vorschiff ziemlich übermütig mit der Mannschaft sprach.

»Aye, aye, Euer Ehren«, sagte Terence unterwürfig.

»Mooney, kommen Sie her«, sagte Lovell, halb verärgert über den Lärm.

»Aye aye, Sir«, wiederholte der willige Ire und gehorchte sofort und respektvoll der Aufforderung.

»Was haben Sie da vorne gemurmelt, nun?«

»Ich spreche nur meine Gebete, bevor ich in die Schlacht ziehe, Euer Ehren. So steht es geschrieben, glaube ich, Sir, nicht wahr, Mr. Lovell?«

»Haben Sie Angst, Terence?«

»Angst?, haben Sie Angst gesagt?, dass ich Angst habe?«

»Das habe ich gefragt.«

»Euer Ehren scherzt.«

»Nein, Sir, ich scherze nicht. Sie sagten, Sie seien beim Beten, daher dachte ich, dass Sie vielleicht unter

Angst leiden, Terence, sicherlich eine vernünftige Schlussfolgerung.«

»Ach, weder Teufel noch Heilige können Terence Mooney erschrecken, Euer Ehren. Gebt mir einfach den besten Platz an der Waffe, und Ihr werdet sehen, wie viel Angst ich habe. Angst war es doch, was Sie gesagt haben?«

»Ich sehe, Sie sind in Ordnung, Terence, im Grunde genommen eine tapfere Seele.«

»Würden Sie freundlicherweise Kapitän Channing bitten, in das Mittelschiff hinabzusteigen, Euer Ehren?«, sagte Terence. Durch die freundliche Art, in der Lovell mit ihm gesprochen hatte, wurde er ermutigt, ein wenig vertrauter zu werden, als er es sonst zu tun pflegte.

»Und wozu bitte? Warum sollte er das Achterdeck verlassen?«, fragte Lovell.

»Sehen Sie, Euer Ehren, er hat eine solche Art an sich, dass es die Männer ermutigen würde, dort unten die Musik seiner Stimme zu hören. Nun, wenn ich mir das in ihrer Anwesenheit zu sagen erlauben darf, möchte ich verdammt sein, wenn ich jemals eine süßere Stimme gehört habe. Glauben Sie, dass die Heiligen im Himmel freundlicher oder angenehmer reden, als er, Mr. Lovell?«, fragte Terence voller Ernst.

»Ich weiß es nicht«, sagte Lovell unwillkürlich, »Sie stellen merkwürdige Fragen, Terence.«

Lovell beschäftigte sich mit einer Waffe, als ob er die Worte des Iren nicht beachten würde. In Wirklichkeit aber verursachte jedes einzelne von ihnen eine große Aufregung in seinem Herz.

»Sehen Sie, Euer Ehren«, fuhr Terence respektvoll fort, »wenn er nur herunterkommen würde, hätte er den Schutz des Mittelschiffs, anstatt dort oben zu stehen, damit die Lumpen auf ihn schießen können.«

Lovell schätzte den wohlwollenden Geist, der ihn zu diesem Vorschlag veranlasste, denn er fühlte sich angesichts der exponierten Stellung von Kapitän Channing selbst ziemlich unwohl.

»Vorwärts«, sagte der Kapitän in diesem Augenblick, »seid ihr bereit an der Waffe?«

»Aye, aye«, sagte Lovell.

»Ruhig da – Feuer!«, befahl der Kapitän.

Die Brigg zitterte bis zum Kiel unter dem Rückstoß der Kanone. Lovell war in Sachen Schießkunst erfahrener als Herbert, und sein erster Schuss flog, im Gegensatz zu dem des guten Jack, voll in das Deck des Fremden. Er verursacht Splitter, die überall in der Luft herumflogen, und bei der Mannschaft arge Wunden.

»Hurra«, sagte Terence Mooney mit großer Freude. Bevor er sich an das Säubern der Waffe machte, wandte er sich ab, um die Wirkung des 'eisernen Boten' zu sehen. »Vielleicht wollen sie noch ein paar von den Pillen schlucken«, sagte er, »es braucht ja nur eine kleine Menge für eine Dosis.«

»Haltet sie auf Distanz«, sagte Channing zum Steuermann der Brigg.

»Gut gemacht«, sagte der Kapitän dann zu Mr. Lovell«. »Der Schuss saß genau richtig, er hätte nicht besser gemacht werden können. Jetzt ein weiterer, genau wieder dorthin – es ist eine kritische Stelle.«

»Haltet sie fern, sage ich«, wiederholte Channing zum Mann am Ruder gewandt. Sein Ziel war es, eine solche Entfernung zum Feind aufrechtzuerhalten, dass er seine kleinen Kanonen keinen Schaden an der Brigg anrichten konnten, denn es war von Anfang an klar, dass er keine Kanonen hatte, die der Kanone mittschiffs der Brigg gewachsen waren.

Mittlerweile hatte sich Jack Herbert mit der Barke im Windschatten der Constance in Rufweite postiert. Seine Stimme war bald an Bord der Brigg zu hören.

»Hallo, ihr da auf der Brigg.«

»Ja, ja, was gibts denn?«, fragte Channing durch sein Sprachrohr.

»Soll ich mit meinen kurzen Geschützen ein paar Schüsse auf den Fremden abgeben, Sir? Die Kanonen verrotten ganz von selbst, wenn wir sie nicht bald benutzen!«

»Nein, nein, Mr. Herbert, bleiben Sie auf Ihrem jetzigen Kurs, wir haben keine Männer durch einen Nahkampf zu verlieren. Wenn wir besser bemannt wären, könnten wir es uns leisten, dort Arm in Arm hinzurennen und eine galante Show abliefern.«

»Ja, ja«, sagte der enttäuschte Herbert und scherte aus.

Der Lange Tom, den die Constance mittschiffs trug, erwies sich auch jetzt als ihre Rettung. Obwohl der Feind gut mit Waffen und Munition ausgerüstet und auch stark bemannt war, hatte er doch keine Bewaffnung von ausreichendem Gewicht, um mit der Brigg in der Entfernung fertig zu werden, in welcher der Kampf begonnen hatte.

Diesen Abstand hielt die Constance durch gute Navigation während des gesamten Gefechts. Die Schüsse der Brigg richteten an Bord der Fremden furchtbare Verwüstungen an. Bei fast jeder Entladung des Langen Tom flogen Splitter aus dem Rumpf, während die unwirksamen Schüsse des Gegners ihr Ziel weit verfehlten.

Das ungleiche Gefecht dauerte nur kurze Zeit. Das fremde Schiff hatte, sowohl am Rumpf als auch in der Takelage, schwer gelitten. Vier Besatzungsmitglieder waren ums Leben gekommen und weitere wurden verwundet. Wie auch die Barke, welche die Constance in Westindien aufgebracht hatte, sahen sie sich bald gezwungen, die Flagge einzuholen und sich zu ergeben.

Die Brigg begab sich daraufhin in Rufweite der Beute und befahl ihr, ein Boot mit dem Kapitän an Bord herüberzuschicken. Diesem Befehl wurde umgehend Folge geleistet, und Lovell wurde umgekehrt mit einem halben Dutzend bis an die Zähne bewaffneter Männer an Bord des fremden Schiffes geschickt, um es formell in Besitz zu nehmen.

Bei der Ausführung dieses Befehls fand Lovell einen Mann an Bord des erbeuteten Schiffs, den er nur mit großer Mühe festhalten konnte und der dabei zwei Besatzungsmitglieder der Constance leicht verwundete, bevor er überwältigt werden konnte. Dieser Mann erwies sich als der Maat des gekaperten Schiffs, und er sagte Lovell, dass der Kapitän zwar kapituliert hatte, er aber nicht, und dass sie das Schiff hätten versenken müssen, bevor er es getan hätte. Der Mann wurde jedoch bald von den Männern der Brigg gefesselt und an einen sicheren Platz gebracht.

Obwohl die Beute eine Besatzung von fünfzehn Mann hatte, haben wir gesehen, dass diese Zahl allein nichts gegen einen Feind ausrichten konnte, der sie 'außer Reichweite' bekämpfen konnte, und so war das Schiff in die Hände von Channing gefallen. Zusammen mit den anderen beiden ergaben sie eine recht ansehnliche kleine Flotte unter seinem Kommando.

Aufgrund der geringen Anzahl der eigenen Männer und der großen Zahl der Gefangenen rechnete er mit einigen Schwierigkeiten, die er mit allen Mitteln zu vermeiden suchte. Zu diesem Zweck wurden die Gefangenen in Ketten gelegt, eine Maßnahme, die Channings Gefühlen sehr zuwiderlief, aber er sah sich dazu gezwungen, den Notwendigkeiten der Sache nachzugeben.

Bald waren auch alle Männer damit beschäftigt, die neue Beute so zu reparieren, dass sie in den Hafen gebracht werden konnte. Nachdem dies in wenigen

Stunden geschehen war, übernahm Lovell das Kommando über das Schiff, das gerade der kleinen Flotte hinzugefügt worden war. Er wollte Channing nur ungern allein in der Brigg zurücklassen, aber es wurde befohlen, dass jedes gekaperte Schiff so nahe wie möglich an der Constance bleiben sollte, und da das Wetter glücklicherweise sehr gemäßigt, wenn auch etwas kalt war, konnte dies leicht erreicht werden.

Die frühere Besatzung der Constance war nun so aufgeteilt, dass nur noch acht Mann auf jedem Schiff waren, während die Gefangenen diese Zahl sogar verdoppelten! Das war in der Tat zu wenig, vor allem, wenn man die eigentümliche Takelage und die Art der Schiffsführung in jenen Tagen bedenkt.

In den heutigen moderneren Zeiten haben die zahlreichen Erleichterungen, die der Erfindergeist beim Bau und bei der Einrichtung von Schiffen hervorgebracht hat, die Führung dieser Schiffe zu einer vergleichsweise leichten Aufgabe gemacht, und zwar mit einer weitaus geringeren Anzahl von Männern, als dies noch vor siebzig Jahren der Fall war.

Was für eine wunderbare Veränderung hat ein halbes Jahrhundert in der Kunst der Schifffahrt bewirkt. Schon jetzt trotzen die schwimmenden Schlösser aller Nationen Wind und Gezeiten, und Schiffe, die früher fünfundzwanzig Mann brauchten, um sie zu steuern, sind jetzt mit vierzehn oder fünfzehn gut bedient.

Der Kapitän und die Besatzung der neuen Beute waren ebenso verärgert, wie die der gekaperten Barke, als sie feststellten, dass sie eine zahlenmäßig viel schwächere Truppe vor sich gehabt hatten.

Ihre Wut war grenzenlos und wurde offen zum Ausdruck gebracht. Obwohl sie sicher weggesperrt worden waren, musste Channing ständig vorbereitet und auf der Hut sein, damit sie nicht versuchen würden, sich zu erheben, um die Brigg zu übernehmen.

Zweifellos war es seiner ständigen Wachsamkeit zu verdanken, dass er vor dieser Katastrophe bewahrt wurde, denn es war offensichtlich, dass die Gefangenen ständig auf der Lauer nach einer günstigen Gelegenheit waren.

Der englische Kapitän der letzten Beute konnte sich nicht im Geringsten mit seiner Situation abfinden, und dachte, dass er sich, um seine eigenen Worte zu gebrauchen, 'einem Rebellenjungen' ergeben hatte.

Doch seine Wut war vergebens. Die aufmerksame Bewachung von ihm und den Gefangenen, wenn auch durch eine geringere Zahl von Männern, zusammen mit ihrer sicheren Verwahrung, machten jeden Versuch des Widerstands oder einer Selbstbefreiung unmöglich.

Sie tobten und schäumten, aber das war alles, was sie tun konnten, denn sie waren so sicher untergebracht, wie wütende Tiere in einem Zoo, die in einem Käfig gehalten werden.

Kapitel VI.

EIN GRIMMIGER CHARAKTER, DER VERSUCH DIE BRIGG ZU VERBRENNEN, DIE BERATUNG, DIE VERURTEILUNG, DIE RAH, EIN TRAUM, DIE VERHANDLUNG, EIN STARRKÖPFIGER GEIST GEBROCHEN, EIN EDLER AKT DER GERECHTIGKEIT, ZUR NACHAHMUNG EMPFOHLEN.

Am Tag nach dieser letzten glücklichen Eroberung kam es an Bord der Constance zu einem Ereignis, das in einem Drama von besonderer Bedeutung endete.

Es gab einen großen, kräftigen Mann, den zweiten Befehlshaber des eben erbeuteten Schiffs, den man in die Brigg zur sicheren Verwahrung gebracht hatte. Er war von bemerkenswerter Muskelkraft und war bei seiner Ankunft an Bord allen als der Mann aufgefallen, welcher im erbeuteten Schiff so viel Ärger verursacht hatte, bevor er ergriffen und gefesselt wurde. Zur zusätzlichen Sicherheit wurde er von den übrigen Gefangenen getrennt gehalten, nicht nur, weil er sich Lovell nach der Übergabe des Schiffes widersetzt hatte, sondern auch, weil man gehört hatte, wie er mehrmals mit der Zerstörung des Schiffes gedroht hatte, in dem er nun eingesperrt werden würde.

Wie gesagt, war dieser Mann von bemerkenswerter körperlicher Stärke, und er wurde daher, wenn möglich, strenger gehalten als die übrigen Gefangenen. Trotz alledem gelang es ihm aber am Nachmittag des auf seine Gefangennahme folgenden Tages, sich von seinen Fesseln und aus dem Ort seiner Gefangenschaft auf dem Vorschiff der Brigg zu befreien.

Als man ihn entdeckte, hatte er bereits einen großen Haufen Stroh und andere brennbare Dinge zusammengetragen, die er dann in Brand setzte.

Der vordere Teil des Schiffes wäre in fünf Minuten in Flammen aufgegangen, wenn nicht einer aus der Besatzung der Constance den Versuch des Gefangenen rechtzeitig entdeckt hätte. Er bemühte sich sofort, die Flammen zu löschen, und wurde dabei von dem Engländer, der auf diese Weise versucht hatte, die gesamte Besatzung gemeinsam in die Ewigkeit zu schicken, mit seinem eigenen Messer durch einen Stich leicht verletzt. Nach einem heftigen Kampf wurde der Attentäter wieder gefangen genommen und an einen Ort gebracht, an dem er besser beobachtet werden konnte, als zuvor, und zwar so, dass ein zweites Entkommen unmöglich war.

Das Verhalten des Gefangenen erschien allen als äußerst blutrünstig und rachsüchtig, und die Mannschaft forderte Kapitän Channing lautstark auf, ein Exempel an ihm zu statuieren. Auch die Strategie, der sie folgen mussten, drängte die Notwendigkeit eines solchen Vorgehens auf. Es war selbst für den letzten Mann an Bord offensichtlich, dass die große Zahl der auf der Brigg eingesperrten Gefangenen einen Versuch wahrscheinlich machte, sich zu erheben und die Brigg in Besitz zu nehmen, wenn sie nicht durch einen entschiedenen Akt der Gerechtigkeit abgeschreckt würden. Die Gemüter der Besatzung waren in diesem Punkt so erregt, dass sie die sofortige Bestrafung des Mannes, der sie auf diese Weise alle vernichtet hätte, eher forderten, als erbaten.

In Anbetracht dieser drängenden Situation wurden Jack Herbert und William Lovell von ihren jeweiligen Kommandos herbeigerufen, um an Bord der Constance zu kommen und sich mit dem Kapitän zu beraten, während die kleine Flotte in Fahrt blieb.

Nach einer längeren Diskussion über das Thema sagte Channing: »Sie meinen also, meine Herren, dass die Hinrichtung dieses Mannes notwendig ist?«

»Ich würde ihn innerhalb einer Stunde aufhängen«, sagte Jack Herbert.

»Ich bedauere die Notwendigkeit«, sagte Channing, »aber ich muss zugeben, dass die Sicherheit unseres Lebens und der Brigg dies zu verlangen scheint.«

»Zweifellos«, sagten die beiden anderen.

»Ich betrachte die Sache so«, fuhr Lovell fort. Wir sind wie Menschen, die über einem Pulverfass leben. Der kleinste Funke Feuer, der mit diesem Pulver in Berührung kommt, wird uns alle kopfüber in die Ewigkeit stürzen. Es gibt hier einen, der bekanntermaßen eine Gelegenheit sucht, ein Streichholz dranzuhalten. Sollten wir jetzt auch nur einen Augenblick zögern, ihm diese Macht zu nehmen?

»Das ist die einzige Sicht, in der das Thema betrachtet werden kann«, sagte Herbert, »und es ist auch eine sehr vernünftige.«

»Die Sache ist also geklärt, meine Herren«, sagte Channing nachdenklich. »Dieser Mann muss sterben!«

Damit war der Beschluss gefasst, und sie trennten sich bis zu der Stunde, die für die Hinrichtung des Gefangenen bestimmt war.

Es war ein ruhiger, milder Tag. Die drei Schiffe hatten gerade die kälteren Breitengrade der mittleren Küste erreicht, und der Tag war wirklich außergewöhnlich für die Jahreszeit, in der wir uns befinden. Die kleine Flotte lag in Rufweite beieinander, und die warme Sonne lag auf der sanft anschwellenden Brust des Ozeans, wie die errötende Wange einer Dame auf der Brust ihres Geliebten.

Auf der Brigg war mit peinlicher Sorgfalt alles in Ordnung gebracht uns sauber gemacht worden, und die Mienen aller Männer zeigten, dass sie von Gedanken erfüllt zu sein schienen. Sogar der gute Terence Mooney wirkte unruhig und ernst in seinem Gesicht, das sonst so sehr vor Wohlwollen und Freundlichkeit für alle um ihn herum strahlte. Immer wieder zupfte er an seinen Hosen und warf einen Blick nach oben und sah, dass in der Takelage des Schiffs Vorbereitungen getroffen wurden. Er schüttelte bedrohlich den Kopf, als wolle er sagen, dass etwas im Gange war, das ihm nicht gerade gefiel, und versuchte dann, den Gedanken, der ihn beunruhigte, durch lautes Pfeifen eines irischen Liedes zu vergessen.

Wie der Leser erfahren hat, war beschlossen worden, dass der betreffende Gefangene an der Rah exekutiert werden sollte, und obwohl dies nur mündlich an die höchsten Offiziere weitergegeben wurde, nahm das intelligente Auge der Besatzung die Vorbereitungen, die notwendigerweise getroffen werden mussten, mit vollem Sinn für ihren Zweck wahr.

Die edelmütige Mannschaft, die nun sah, dass das Ereignis tatsächlich bevorstand, sah traurig und niedergeschlagen aus. Jeder von ihnen wäre freudig in die Schlacht gezogen und hätte, in der Hitze des Blutes und mit der Gerechtigkeit seiner Sache im Herzen, den Feind ohne einen zweiten Gedanken erschlagen. Aber hier waren sie hier im Begriff, eine ganz andere Tat zu vollbringen, und eine, über die sie in der Zwischenzeit nachdenken und grübeln konnten.

Sie waren im Begriff, einen Mitmenschen kaltblütig in die Ewigkeit zu befördern, und jeder Akt der Vorbereitung verstärkte nur noch das Frösteln im Herzen eines jeden Mannes. Ja, ihr ganzes Wesen lehnte sich gegen den geplanten *Mord* auf, denn so muss es immer sein, wenn ein Menschenleben – im Voraus beschlossen – genommen wird.

Es ist eine schreckliche Sache, das Leben zu nehmen, das wir nicht geben können, und wir gehören zu denjenigen, die eine Rechtfertigung dafür, selbst in extremen Fällen, infrage stellen, außer wenn es sich tatsächlich um Selbstverteidigung handelt.

»Diese Arbeit gefällt mir ganz und gar nicht«, sagte Terence Mooney zu einem seiner Kameraden, »es bringt Unglück für unsere liebe kleine Brigg, wenn ein Mann dort oben am Hals baumelt, wo nur Blöcke und Seile hingehören.

Sag mir, warum habe ich letzte Nacht im Traum den Schwanz des Teufels gejagt, wenn nicht wegen dieser Sache da oben an der Rah?«

»Und dann habe ich geträumt«, fuhr Terance fort, nachdem er ein oder zweimal auf dem Deck hin und her gelaufen war, wo er nun die Gefangenen betrachtete, »dann habe ich geträumt, dass die Brigg mit ihrer Nase in eine Welle hineingelaufen ist, und ich ziemlich gepökelt worden bin vom vielen Salzwasser, von dem ich auch eine Menge getrunken habe. Sie wäre gekentert, wenn Kapitän Channing nicht alles irgendwie zusammengehalten hätte. Beim Teufel, hätte ich das alles geträumt, wenn es nicht etwas gibt, das nicht stimmt?«

»Hat das nicht alles etwas mit dem Hängen zu tun?«, warf sein Begleiter ein, der Ire, der vom ersten gekaperten Schiff auf die Brigg kam.

»Das kann durchaus sein, und so ist es wohl auch«, fuhr Terence fort. »Aber ich hatte auch Bedenken, mein Junge, meine alte Mutter zu verlassen, ohne zu warten, um dabei zu sein und zuzusehen, wie sie friedlich begraben und unter die Erde gebracht wird.«

»Das war nicht ganz richtig, Terence.«

»Und wie hätte ich es verhindern können? Wollten Kapitän Channing und die Brigg nicht genau in der Stunde auslaufen, in der ich zugestimmt hatte? Ich *konnte* es nicht verhindern.«

»Du bist es, der sich als Jona entpuppen und uns alle ins Unglück stürzen wird«, sagte sein Begleiter halb im Ernst.

»Geht weg«, sagte Terence, »und lasst mich in Ruhe.«

In der Brigg, die kaum einen Fuß vorwärtskam, während sie sich anmutig in der langen, schweren Dünung des Atlantiks hob und senkte, herrschte jetzt eine feierliche Stille. Ich hatte bereits gesagt, dass es ruhig war. Ja, es war sehr ruhig, denn selbst das Meer schien den Atem anzuhalten in Erwartung Zeuge einer unheiligen Handlung zu werden. Keine Seele rührte sich an Bord der Constance, mit Ausnahme des bedächtigen und ruhigen Steuermanns, und auch vom Tod war nichts zu spüren, obwohl für das aufmerksame Auge, das auf diesem komplizierten und doch anmutigen Geflecht von Tauen und Geräten ruhte, ein einzelnes Seil zu sehen war, das an der Rah des Vorschiffs festgemacht worden ist. Das eine Ende war nach innen geführt worden, während das andere entlang der Rah durch einen Block lief und auf das Deck herabgelassen wurde. Dieses einzelne, so angebrachte Seil erzählte den ehrlichen Seeleuten eine Geschichte, die in ihren Gesichtern die Sorge, ja fast Angst, zum Ausdruck brachte. Es sollte eine furchtbare Tat vollbracht werden, und sie sollten die Ausführenden sein.

»Mir gefällt das alles nicht«, sagte Kapitän Channing zu Lovell.

»Ich betrachte es als eine wichtige Pflicht«, war die Antwort.

»Das mag sein«, sagte Channing und dachte nach:

»Zweifellos. Und dieser arme Kerl soll also nun gehängt werden?«, fragte er.

»Das haben wir beschlossen«, sagte Lovell.

»Es ist eine furchtbare Sache, William, ein Menschenleben so kalt zu vernichten. Wer hätte gedacht, dass ich jemals die Hand führen oder jemals den Befehl erteilen würde, einem Menschen das Leben zu nehmen. Ich sage dir ehrlich, dass ich dieser kaltblütigen Tat kaum gewachsen bin.«

»Nein, nur Mut, Fanny«, sagte Lovell (sie waren allein in der Kajüte und konnten sich duzen), »du hast dich bisher edel verhalten, nun führe die Sache so aus, wie es sich gehört.«

»Und wird das eine edle Tat sein?«

»Es ist immer edel, seine Pflicht zu tun.«

»Es gibt also keine Begnadigung?«, fragte Fanny.

»Ich halte das Vorgehen für absolut notwendig – unserer Sicherheit wegen. Der Kerl hat sogar erklärt, dass er die gleiche Tat noch einmal begehen würde, wenn er wieder eine Gelegenheit bekommt. Sind wir dann sicher, wenn er am Leben bleibt?«

»Das Urteil ist gerecht«, sagte Fanny.

»Nur Mut, Fanny, es wird bald vorbei sein.«

»Ja, aber es ist eine furchtbare Sache. Lovell, ist dir das klar?«

»In der Tat, aber ich denke, wir haben uns für das Beste entschieden«, sagte Lovell.

Fanny überwand all ihre weiblichen Gefühle, fasste ihren gewohnten Mut zusammen und befahl, den Gefangenen zu ihr zu bringen.

Bald erschien er, stark gefesselt, und ging ein paar Mitgliedern der Mannschaft voraus. Er war ein edles Exemplar eines Mannes in seiner körperlichen Verfassung. Von guter Größe, breit und voll in der Brust, mit schweren, aber gut geformten Gliedern. Er hatte kurzes, tiefschwarzes Haar, das ihm eng an den Kopf gelegt war.

Als er hereinkam, blickte er mürrisch er auf den Boden der Kajüte hinunter, wie ein bissiger Löwe, dessen riesige, muskulöse Gestalt sich vor Wut über seine Fesseln aufblähte. Er stand vor dem Kapitän der Brigg, der in einem großen Sessel saß, während zu beiden Seiten Lovell und Herbert standen.

Es war eine seltsame Szene von ganz besonderer Bedeutung. Da stand dieser riesige Herkules von einem Mann vor diesem sanftmütigen Mädchen, um zum Tode verurteilt zu werden. Ihre tiefe Seele schien die innersten Gedanken des Gefangenen durch das Blau ihrer schönen Augen zu lesen, doch ihre Stimme zitterte nicht, ihre Hand war fest, und sie war im Herzen ein Mann.

Das weibliche Gefühl, das in letzter Zeit in ihrer Brust aufgewühlt wurde, war jetzt verbannt, und man konnte nichts anderes als strenge Gerechtigkeit von diesen Lippen erwarten, die in diesem Augenblick eine Entschlossenheit und einen Charakter zeigten, wie Lovell sie noch nie zuvor gesehen hatte.

»Gefangener«, sagte Fanny in ihrem tiefen, musikalischen Tonfall und doch mit ungewöhnlicher Deutlichkeit, »wissen Sie, dass meine Berater und ich beschlossen haben, Sie noch in dieser Stunde an der Rah aufzuhängen?«

»Ich habe den Strick gesehen, als ich an Deck kam«, war die bedeutungsschwere Antwort des Gefangenen.

»Haben Sie uns nichts anzubieten, bevor wir diesen Beschluss ausführen?«

»Nichts«, sagte der Mann, den Blick immer noch auf den Boden gerichtet.

»Es ist Sitte, dass jemand, der im Begriff ist, sein Leben zu verlieren, einen letzten Wunsch äußern kann. Wenn Sie einen haben, dann sprechen Sie ihn aus, und wenn er vernünftig ist, soll er erfüllt werden.«

»Ich habe keinen«, lautete die Antwort.

»Gefangener«, fuhr Fanny fort, »haben Sie keine Frau, keine Kinder, keine Freunde?«

An dieser Stelle wurde sie von einem Stöhnen des Engländers unterbrochen, das zeigte, dass sie ihn an einer verletzlichen Stelle berührt hatte.

»Sprechen Sie, Sir.«

»Ich habe sowohl Frau als auch Kinder«, sagte er, ohne den Kopf von der Brust zu heben, während sich seine breite, männliche Brust vor sichtbarer Rührung hob.

Und Sie haben nichts für sie, was Sie ihnen hinterlassen wollen, und auch keinen anderen Wunsch vor ihrer Hinrichtung zu äußern?«, fragte Fanny.

»Nein! Sie werden wissen, dass ich *loyal* gestorben bin!«

»Wie ich höre, haben Sie Drohungen gegen dieses Schiff und uns ausgesprochen, seit wir sie wieder festgesetzt haben. Ist das so?«

»Die Feinde meines Königs sind die Feinde Gottes, und ich würde sie bis zum letzten Atemzug verfolgen. Ihr seid ein Rebell, Herr Kapitän, und alle diese Leute um Euch herum. Sollte man sie verschonen, wenn ich den König durch den Verlust meines eigenen Lebens von ihnen befreien könnte? Nein!«

Während der ganzen Zeit hatte er nicht einmal den Kopf gehoben, sondern seine Augen blickten immer noch zu Boden, als ob er durch seine Fesseln gedemütigt wäre.

»Würden Sie nicht einen Vorschlag annehmen«, sagte Fanny, »der Ihnen ihre Frau an die Brust und ihre Kinder in ihre Arme zurückbringen würde.«

Der Mann streckte sich – seine kolossalen Proportionen nahmen eine Haltung ein, die einen Künstler mit Bewunderung erfüllt hätte. Sein Kopf war erhoben, seine Augen richteten sich begierig auf den Kapitän, und seine Gestalt schien jetzt mindestens einen halben Kopf größer zu sein als zuvor.

Im nächsten Moment sank sein Kopf wieder, als wäre der Geist, der ihn einen Moment lang bewegt hatte, verschwunden, und er zweifelte sogar daran, dass er richtig gehört hatte. Er verfiel wieder in seinen alten Zustand und gab keine Antwort auf die Frage, die ihn so bewegt hatte.

»Sagen Sie, Gefangener«, fuhr Fanny fort, »würden Sie diejenigen wiedersehen wollen, die Sie in Ihrem Heimatland zurückgelassen haben – Ihr Zuhause, Ihre Frau und Ihre Kinder und diejenigen, die Sie lieben?

»Ich werde sie im Himmel wiedersehen«, lautete die ruhige Antwort.

»Und ist es die Treue zu ihrem König, die Sie zu diesem Irrtum veranlasst hat?«, fragte Fanny.

»Was sonst könnte einen britischen Seemann antreiben?«

»Bindet ihn los!«, sagte Fanny zu der Wache, die an seiner Seite stand.

»Habe ich das Kommando über dieses Schiff?«, fragte Fanny. Um ihren Befehl Nachdruck zu verleihen, erhob sie sich, zog ihr blankes Schwert und hielt es, bereit zum Einsatz.

»Gewiss, Sir«, sagte einer der Männer, »aber Euer Ehren, wir – «

»Hört ihr mich, Jungs? Bindet ihn los!«

Lovell und Herbert waren darauf nicht vorbereitet und wagten es nicht, ein Wort zu sagen, während die Wachen taten, was ihnen befohlen wurde.

Im nächsten Augenblick stand der Engländer ohne Fesseln und frei vor ihr, sein feines, männliches Gesicht drückte die größte Überraschung aus, während er vor Erstaunen regungslos dastand.

»Ich glaube, ich habe Sie nicht falsch verstanden, Sir«, sagte Fanny zu dem Gefangenen, »und wenn ich Sie richtig verstanden habe, ist es am besten, wenn wir uns mit jemandem wie Ihnen auf *gleicher Augenhöhe* unterhalten. Sie sind jetzt frei!«

»Und wozu soll das führen?«, fragte der Mann erstaunt.

»Ich möchte mit Ihnen *diskutieren*.«

»Ich höre aufmerksam zu«, sagte der Engländer, wobei er in seinem Benehmen und in seiner Sprache einen Grad an Raffinesse erkennen ließ, den er zuvor nicht gezeigt hatte.

»Wissen Sie«, fragte Fanny, »von der Unterdrückung, welche die nordamerikanischen Kolonien Großbritanniens zu dem Kurs getrieben hat, den sie eingeschlagen haben? Welches schreiende Unrecht sie ertragen haben, welche unterwerfende und entwürdigende Behandlung sie durch die bösen Berater des Königs erlitten haben?«

»Ich weiß nur, dass die nordamerikanischen Kolonien gegen ihren rechtmäßigen König rebelliert haben«, sagte der Engländer launisch.

»Sie wissen also nichts«, fuhr Fanny fort, während ihre tiefblauen Augen vor Lebhaftigkeit und Temperament funkelten. »Sie wissen also nichts von den geschändeten Heiligtümern, den verwüsteten Häusern, dem Niedergang des Handels und dem daraus resultierenden Elend von Tausenden!«

»Wissen Sie auch nicht, dass die Gesandten des Volkes vom Thron verschmäht wurden, was die Beleidigung noch verschlimmert? Würde es nicht unsere englische Herkunft verleugnen, wenn wir all dies zahm ertragen würden? Wären wir unserer Abstammung würdig, wenn wir uns nicht dagegen auflehnen und mit unseren eigenen Händen versuchen würden, Gerechtigkeit zu erlangen?«

»Sie erzählen mir wirklich neue Dinge«, sagte der Engländer nachdenklich.

»Lassen Sie diesen Rachegeist nicht länger in ihrer Brust leben«, sagte Fanny, »sondern überlegen Sie zuerst, was diesen Griff zu den Waffen verursacht hat. Beurteilen Sie dann, wer im Unrecht ist. Sollte es Ihnen so vorkommen, dass es die Kolonisten sein, so entehren Sie ihre Natur nicht dadurch, dass Sie sich durch irgendeine blutdürstige Tat an ihnen rächen wollen. Und sollte es der König sein, so erheben Sie ihren Arm nicht wieder gegen dieses Volk.«

»Ich fühle, dass ich mich geirrt habe«, sagte der Engländer, der edelmütig bereit war, sein Unrecht einzugestehen, das er begangen hatte.

»So«, sagte Fanny, »jetzt weiß ich, dass ich Ihnen vertrauen kann!«

Der Engländer sprang vor, ergriff die ausgestreckte Hand von Fanny und, nachdem sie herzlich gedrückt hatte, verließ er die Kajüte ohne ein Wort zu sagen.

Fanny erkannte in ihrem scharfen Verstand und ihrem Urteilsvermögen etwas von dem wahren Charakter des Gefangenen, und nach einem kurzen Gespräch wurde sie, wie wir gesehen haben, in ihrer Vermutung bestärkt. Sie hätte lieber zu fast jedem Mittel gegriffen als zur Hinrichtung des Mannes, und um diese abzuwenden, war sie bereit, ein gewisses Risiko einzugehen, indem sie ihm vertraute.

Die Behandlung erwies sich als heilsam. Ein widerspenstiger Geist wurde durch Freundlichkeit und Vernunft besiegt, die einzigen Waffen, die ein verantwortungsbewusstes Wesen bei einem anderen einsetzen sollte.

Der Geist des Engländers hatte sich danach völlig gewandelt; er hätte sein Leben für den Kapitän der Constance hingegeben und war von der Stunde seiner Befreiung an ein glühender Anhänger der Sache des amerikanischen Volkes, obwohl er nie aktiv am Krieg teilnahm. Er verriet das in ihn gesetzte Vertrauen nicht, sondern diente bis zum Ende der Reise treu als einfacher Matrose.

Es gibt eine Moral, die ich versucht bin, hier niederzuschreiben. Sie ist vielleicht einfach, aber hat dennoch eine gewisse Größe. Jedoch, aus Furcht vor dem Tadel des allgemeinen Lesers, der diese moralischen Abschweifungen manchmal in unangemessener Weise verurteilt, überlassen ich die Schlussfolgerung, auf die ich nur angespielt habe, dem guten Verstand und der Unterscheidungskraft des Lesers. Lassen Sie mich aber auf deren Berücksichtigung drängen.

Lovell war beeindruckt von dem guten Urteilsvermögen und dem Einfallsreichtum, den Fanny in diesem schwierigen Fall an den Tag gelegt hatte, und fand darin einen neuen Wesenszug von Güte und Verständnis, für den er sie liebte und respektierte, und als sie wieder allein waren, fragte er sie.

»Warum hast du mir nicht von diesem Plan erzählt, liebe Fanny? Hieltst du mich des Vertrauens nicht für würdig?«

»Ich hatte die Idee nicht im Voraus, William; es war die Eingebung des Augenblicks, angeregt durch die edle Haltung des Mannes und das Gefühl und die Rührung, die er bei der Erwähnung seiner Heimat und seiner Familie zeigte. Es war leicht zu erkennen, William, dass sein Herz am rechten Fleck ist und empfänglich für den Einfluss von Gütigkeit war.«

»Man hätte es nicht besser machen können«, sagte Lovell, »auch, was Geschick und Menschenkenntnis anbelangt.«

»Ich habe mein Herz von einer schweren Last der Verantwortung befreit«, sagte Fanny, »denn in den letzten Stunden war ich ziemlich unglücklich.«

»Das hast du in edelster Weise gemacht, mein liebes Mädchen.«

»Was? Das heißt Sir!«

»Ich bitte um Verzeihung, Sir, ich meine, dass Ihr Verhalten jedes Lob verdient, Kapitän Channing«, sagte Lovell mit einer spöttischen Geste des Respekts.

»Wenn du nicht aufpasst, William«, sagte Fanny, »wirst du mich vor der Mannschaft bloßstellen, und wer weiß, was das für Folgen haben könnte?«

»Wohl wahr, wohl wahr«, sagte Lovell, »ich werde in Zukunft respektvoller sein, verlass dich auf meine Diskretion.«

»Aber hast du keine Befürchtungen oder Bedenken, Fanny, was die Redlichkeit dieses Mannes angeht, den du befreit hast?«

»Nicht die geringsten. Ich würde keine Angst haben, ihm mein Leben anzuvertrauen.«

»Der Himmel möge ihm Ehrlichkeit geben«, sagte Lovell, als sie sich trennten.

Kapitel VII.

GESPRÄCH IM VORSCHIFF, EIN NEUER FEIND, EINE VERFOLGUNGSJAGD, DER STURM, DIE AKTION, DAS SCHICKSAL DES KAMPFES, SZENE AN BORD DES FEINDES, DER TRICK, FURCHTBARE BEGEGNUNG, MERKWÜRDIGE ENTDECKUNG, FANNY ALS GEFANGENE, EIN BLICK AUF DEN KAMIN BEI DEN CAMPBELLS, DIE ELTERN ZU HAUSE.

Schauen wir uns an, wie diese Art, den Fall des Gefangenen zu regeln, von denjenigen im Vorschiff, den rauen und harten Männern am Mast, aufgenommen wurde.

Terence Mooney war zu einer Art Anführer unter der Besatzung geworden, und zwar in Bezug auf alle möglichen Meinungen und Urteile. Erstens, weil er, wie man von einem redseligen Mann auf See sagt, besonders sprachbegabt zu sein schien, und zweitens, weil er ein fröhlicher, freimütiger Mann war, der mit ganzem Herzen bei der Sache war. Terence war stets bereit, seine Meinung zu sagen, und keineswegs abgeneigt, sie frei zu äußern, vor allem nicht zu einer solchen Zeit und bei einer solchen Gelegenheit wie jetzt. Er setzte sich immer für den Kapitän ein, obwohl es keinen Mann in der Mannschaft gab, der das nicht auch getan hätte. Aber Terence Mooney war in diesem Punkt besonders empfindlich und griff jede noch so entfernte Anspielung auf, die man auf ihn machen konnte.

»Wer außer unserem Kapitän könnte so etwas getan haben?«, fragte Terence selbstbewusst und bezog sich auf die Begnadigung des Engländers, »sagt es mir.«

»Ist dieser Engländer seitdem nicht ein durch und durch anderer Mensch geworden? Ja, es ist unser Kapitän, der unter dem Heiligen Dach ist.«

»Hör zu, Bruder«, sagte ein alter Haudegen zu Terance, um seine Meinung kundzutun. »Was auch immer meine Freunde für oder gegen mich sagen und was auch immer meine guten Seiten sind, können sie nicht behaupten, dass ich ein großer Gelehrter bin. Trotzdem denke ich, dass ich etwas über die menschliche Natur weiß. Ich soll verdammt sein, wenn ich diesem großen Engländer ein Streichholz neben der Pulverkammer anvertrauen würde, selbst wenn sie so verschlossen wäre, wie so eine chinesische Dschunke ohne Fenster.«

»Nun«, sagte ein anderer sehr leise, »ich denke, dass Kapitän Channing ein wenig voreilig war, als er – «

»Hey? Was zum Teufel hast du gesagt?«, warf Terence Mooney wütend ein. »Der Kapitän hat falsch gehandelt, ja?« Und er ballte eine Faust von der Größe des Kopfes eines Kleinkinds. »Wo ist der Mann, der so etwas behauptet?«

»Pass auf, Bruder«, sagte der Übeltäter, »ich meinte, dass ich ihn nur *zuerst* für ein wenig voreilig gehalten habe, aber dann konnte man sehen, dass das Ergebnis in Ordnung ist, und zweifellos hatte der Kapitän die ganze Zeit über genug Wasser unter dem Kiel.«

»Mit Sicherheit hatte er das«, sagte Terence und sein Zorn kühlte langsam ab.

»Ich habe schon einmal einen so guten Seemann wie diesen Engländer gesehen«, sagte ein dritter, »den man auf ein Kanonensignal hin am Ende einer Rah an Bord eines britischen Kriegsschiffes aufknüpfen wollte. Er kam aber nicht geläutert herunter, wie dieser Mann bei uns, sondern steif und tot und fütterte in der nächsten Stunde die Haie, die längsseits schwammen. Jetzt denke ich, dass die beste Strafe diejenige sein muss, die einen Mann in den Hafen der Reue bringt, und nicht diejenige, die ihm ein Loch in sein Boot schlägt und ihn versenkt, noch bevor er diesen Hafen zu Gesicht bekommt.«

»So ists recht, Männer, das ist die richtige Einstellung«, sagte Terence Mooney. »Was nützt es, einen Mann zu hängen, denn dann ist er zu nichts mehr nutze, weder für sich selbst noch für irgendjemand anderen. Ach, es ist ein ziemlich erbärmlicher Erfolg, einen Mann zu hängen.«'

»Wer hätte gedacht, dass der junge Mann, unser Kommandant – Gott segne ihn – die Gnade und den Verstand haben würde, dieses Stück Arbeit zu tun«, sagte ein alter, wettergegerbter Seemann. »Ich bin achtunddreißig Jahre zur See gefahren und habe noch nie etwas Schöneres auf dem Meer gesehen«.

Terence klatschte vor Freude in die Hände. Er war vollkommen vernarrt in Kapitän Channing, eine Art Monomanie, und der treue Bursche hätte es für ein beneidenswertes Los gehalten, jeden Augenblick sein Leben für ihn hinzugeben.

»Ist er nicht ein Juwel?«, sagte Terence.

»Ist es einem von euch jemals so vorgekommen, meine lieben Kameraden, dass der Kapitän ein *Pirat* ist?«, sagte der alte Seemann.

»Hey? Was soll das?«, sagte Terence, »soll ich dich plattmachen, Mr. Bolt, oder warum zum Teufel beschimpfst du den Kapitän?«

»Ich habe nicht die Absicht, Kapitän Channing in irgendeiner Weise zu kritisieren. Nein, er ist ein Kapitän, unter dem man leben und sterben kann, da werden alle zustimmen. Aber was wäre, meine lieben Kameraden, wenn ein britisches Kriegsschiff aus dem Hafen von Boston käme und uns alle an Bord holt. Würden sie es so machen, wie wir auf der hübschen Constance? Ich sage euch, Brüder, Kapitän Channing würde eine Stunde später als *Pirat* am Raharm dieses Kriegsschiffes baumeln!«

»Woran zum Teufel denkst du?«, fragte einer der ersten Redner. »Befinden sich die Kolonien nicht ehrlich im Krieg mit den Engländern, und sind wir gegen irgendeine andere Nation in den Kampf gezogen? Wir haben zwar das kleine Gefängnis in Havanna durchwühlt, aber wir haben keinen Schaden angerichtet. Ein Gefängnis ist ein Gefängnis, und ein Schiff ist ein Schiff; es kann keine Piraterie sein, ein Gefängnis zu stürmen, versteht ihr?«

»Stimmt, Bruder, aber ist unser Kapitän nicht als Zweiter auf der Brigg Constance gefahren?«, warf Bolt wieder ein. »Und ist er jetzt nicht selbst Kapitän dieser Brigg, und ist das Schiff sein Eigentum? Könnt Ihr mir sagen, was das alles zu bedeuten hat? Für mich sieht es aus wie das, was ein Kriegsgericht als Piraterie bezeichnen würde, das ist alles.«

»Das mag sein, aber wir lassen uns ja nicht kapern«, sagte ein anderer Mann, »und das macht den ganzen Unterschied. Lassen wir das Thema fallen, Freunde.«

»Es ist sinnlos, darüber zu reden«, sagte eine neue Stimme. »Kommt, wer ist an der Reihe, eine Geschichte zu erzählen?«

»Ja, wer ist dran?«, wurde allseits gerufen.

»Komm, Brace«, sagten einige Männer, »du bist dran, also geh hier längsseits an dieser Truhe vor Anker und lass uns etwas hören.«

»Ja, schon gut, Freunde. Und du, Terence Mooney, halte dich zurück mit deinem Geschwafel, während ich eine Geschichte erzähle, hörst du, Junge?«

»Ja, ja, Bruder, mach nur«, sagte Terence gutmütig.

Er drehte ein paar Minuten lang ein monströses Stück Kautabak in seinem Mund und steckte es sich schließlich in die eine Seite seiner Wange, wobei er es mit der Zunge fest zudrückte, und begann dann in lockerer Haltung:

»Es könnte sein, dass einige von euch nach Norden gesegelt sind, wo es so kalt ist, dass ein Mann es nicht wagt, auch nur einen Moment stillzustehen, aus Angst, er könnte erfrieren. Nein? Nun, ich schon, und ich werde euch von einer dieser Fahrten erzählen.«

»Wir waren aus irgendeinem Grund dort oben, aber ich weiß nicht, warum, denn unser Kapitän segelte mit versiegelten Befehlen, und ein Mann am Mast wird nicht oft durch einen Blick in das Logbuch darüber aufgeklärt, was der Kapitän im Sinn hat.«

»Der König hatte befohlen, das Schiff dorthin zu bringen, und ich war ein zum Dienst an Bord gepresster Mann, also war ich auch dabei. Und da waren wir, dreihundert der feinsten Kerle, die man je gesehen hat, oder die je eine Webleine hochgeklettert sind. Unser Finger und Zehen waren bei jeder Wache gefroren, und die Hälfte der Zeit war das Schiff ganz vom Eis eingeschlossen.«

»Und so blieben wir sieben oder acht Tage, wenn ich mich recht erinnere, eingeschlossen vom Eis, so dicht, dass unser Zimmermann gerade noch eine Planke hätte dazwischen legen können. In jeder Richtung war meilenweit nichts zu sehen als ein einziges langes und fast endloses Eisfeld, und ab und zu kam ein Walross aus dem Wasser und lag schlafend in einer der kleinen Spalten, die sich hier und da in der Nähe des Schiffes gebildet hatten.«

»Nun, eines Tages gab es Töne wie von einem großen Kanonendonner und ein solches Knacken und Reißen in der gefrorenen Takelage, wie man es noch nie gehört hat. Das Wasser schien unter dem Eis in völliger Wut zu sein, als ob es nicht gerne unter Luken leben wollte.«

»Das dauerte eine ganze Nacht und einen ganzen Tag lang, und ich dachte, dass wir in Stücke gerissen werden, aber der Kapitän sagte, wir säßen so gut im Eis, dass dies uns retten würde, während ich mir nur wünschen konnte, dass wir ein wenig mehr Platz hätten, und sei es nur, um frei vom Eis und seinem verfluchten Reiben zu schwimmen.«

»Nun, während der nächsten Nacht wurden wir bis zum Tagesanbruch herumgeschleudert, als wir feststellten, dass das Eis aufgebrochen war und wir mit einer enormen Geschwindigkeit und größtenteils eisfrei vor dem Sturm herfuhren. Wir fuhren weiter und weiter, bis wir uns schließlich einem anderen Eisfeld näherten, dem wir nicht ausweichen konnten, und suchten den sichersten Ort, an dem wir das Schiff anlegen konnten, um den Sturm, der jetzt in voller Stärke tobte, zu überstehen.«

»Wir legten an und ankerten bei dem festen Eis. Im Laufe einiger Stunden ließ die Wucht des Sturms nach, und die See wurde ruhiger. Wir wollten uns dann zum ersten Mal seit mehr als achtundvierzig Stunden ausruhen, als einer der Ausgucke von oben an Deck herunterrief:«

»'Schiff in Sicht!'«

»Ihr könnt euch vorstellen, dass uns ein solcher Ausruf in Aufregung versetzt hatte, denn wir hatten seit mehr als zwei Monaten kein Segel mehr gesehen, außer denen unseres eigenen Schiffes. Der Schrei von oben wurde von jedem Mann im Schiff wiederholt, und diejenigen, die gerade bereit waren, den Dienst zu übernehmen, eilten an Deck, um einen Blick auf den Fremden zu erhaschen, und viele davon waren in ihrem Eifer nur halb bekleidet.«

»'Wo denn?'«, fragte der Offizier an Deck.

»'Genau vor der Backbordseite, Sir'«, sagte der Mann im Ausguck.

»Alle Augen waren auf den Punkt gerichtet, und tatsächlich lag etwa drei Meilen leewärts von uns ein Schiff, das offenbar im Eis festsaß und nicht imstande war, auch nur die geringste Fahrt zu machen. Es war kein Segel in Sicht, und die Masten sahen eher wie die Äste eines Baumes aus, als wie eine gute, stehende Takelage.«

»Unser Kapitän ließ so schnell wie möglich Signale aussenden, um zu versuchen, etwas von dem Fremden zu erfahren, aber die Signale wurden nicht beachtet. Dann feuerte der Kapitän ein paar Kanonen ab, um sie aufzuwecken, aber es gab kein Antwortsignal von dem fremden Schiff.«

»Schließlich war der Kapitän mit seiner Geduld am Ende und befahl, eine geladene Kanone abzufeuern, und auf das Schiff zu schießen, falls wir es dort, wo es lag, überhaupt erreichen könnten.«

»Die Kanone wurde abgefeuert, und die Eisenkugel hüpfte über das Eis, warf mal einen Eisregen in die Luft, mal glitt sie sanft, aber immer mit Lichtgeschwindigkeit dahin, bis sie dumpf in die Seite des Fremden krachte und Splitter verstreute, wie es zuvor das Eis getan hatte.«

»Alle Augen richteten sich nun auf das Schiff, aber an Bord war kein Lebenszeichen zu erkennen. Weder auf unsere Schüsse noch auf die Signale kam eine Antwort. Einige der Offiziere glaubten, die Gestalt eines Mannes ausmachen zu können, oder vielmehr den Teil von ihm, der über der Seite des Mittelschiffs zu sehen war. Aber er war unbeweglich und gab kein Signal, falls er überhaupt ein Mann war.«

»Nun, wir fuhren heran, und der Kapitän beschloss, am nächsten Tag eine Expedition über das Eis zu dem *tauben und stummen* Schiff zu schicken. Es war eine gefährliche Arbeit, und die Männer hatten keine große Lust, sie zu unternehmen, denn das Eis konnte jede Minute auseinanderbrechen und seine Lage verändern, und es bestand auch die Gefahr, dass wir vom Schiff getrennt würden, vielleicht für immer.«

»Der Kapitän teilte jedoch etwa zwanzig Mann ein, zu denen er auch mich zählte, und schickte uns unter dem dritten Maat los, um zu sehen, was wir bei dem Fremden herausfinden konnten. Wir brauchten fast drei Stunden, um die Strecke bis zum Schiff zurückzulegen, denn wir mussten viele große Risse oder Öffnungen im Eis umgehen. Als wir uns aber dem Schiff näherten und der Maat immer noch keine Lebenszeichen sah, begann er zu vermuten, dass man uns eine Falle stellen wollte. Er ließ die Männer anhalten, teilte sie in zwei Gruppen ein und beschloss, den Fremden gleichzeitig auf der Steuerbord- und der Backbordseite zu entern.«

»Wir sind in das Schiff hineingeklettert«, fuhr Brace fort und hielt einen Moment inne, um seinen Kautabak die andere Wange zu rollen, während er seine Position wechselte.

»Nun, nun«, sagten mehrere gespannte Stimmen gleichzeitig, »was dann?«

»Wie ich schon sagte, Freunde, gingen wir an Steuer- und Backbord an Bord, und was glaubt ihr, was uns als Erstes ins Auge fiel? Ich werde es euch sagen.«

»Das Mittelschiff war so tief, dass wir das Deck nicht sehen konnten, bis wir an Bord waren, und da das Hinterdeck nur ein wenig über das Deck ragte, war es auch nicht zu sehen.«

»Nun, als wir an Deck sprangen, sahen wir den Steuermann am Steuerrad, starr und steif, die Augen ins Leere gerichtet, aber die Hände immer noch um die Pinne gelegt. Unten im Mittelschiff saßen ein paar Seeleute auf einer Taurolle, hart wie Marmor, und vorne, direkt an der Stufe des Fockmastes, hockte ein Hund, steif wie der Tod. Wir gingen zu ihnen hin und fassten sie an, aber sie waren wie Marmorblöcke, *zu Tode gefroren*.«

»Unten in der Kapitänskajüte saß der, von dem der Maat sagte, dass er der Kapitän sein müsse. Er hielt eine Feder in der Hand, und neben ihm stand ein Kerzenständer, dessen Kerze ausgebrannt war. Er hatte offenbar gerade begonnen, einen Eintrag in das Logbuch zu machen, als er von der starken Kälte erwischt und betäubt wurde. Das letzte Datum unter seiner Feder, das er als letzte Handlung seines Lebens geschrieben zu haben schien, lag genau ein Jahr vor dem Jahr, in dem wir an Bord kamen!«

»Im Logbuch stand, dass die Besatzung ihr Feuerholz an Bord aufgebraucht hatte und dass einige Teile des Schiffes bereits zerlegt worden waren, um sie mit Brennstoff zu versorgen, was wir auch sofort sehen konnten. Dort war auch zu lesen, dass die Kälte fast unerträglich und das Schiff zu diesem Zeitpunkt vom Eis eingeschlossen war. Wir fanden einige der Besatzung in ihren Kojen genauso steif und hart gefroren wie ihre Kameraden an Deck.«

»Alle erzählten uns die furchterregende Geschichte, dass sie von einer extremen Kälte überfallen worden waren. Nach den verschiedenen Stellungen und Haltungen zu urteilen, in denen wir sie vorfanden – hart und starr – musste sie sehr plötzlich gekommen sein. Alles an Bord des Schiffes, was vorher Leben in sich hatte oder nicht, wurde von der Kälte getroffen und glich nun eher einem Felsen als einem Stück Eis, so fest war alles in den Ketten des Frosts gefangen.«

»Es war ein schrecklicher Anblick, Freunde, dieses Schiff. Ich habe schon viel Schlimmes gesehen, aber die erfrorene Mannschaft an Bord dieses Schiffes im Eis war das Schlimmste.«

Bis hierher hatte Brace eine wahre Geschichte erzählt, so melancholisch und seltsam sie auch erscheinen mochte, und er hatte sie auch mit einem Maß an Intelligenz und in einer Sprache erzählt, die ihn als einen gut informierten Mann für seinen Stand im Leben in jenen Tagen auswies. Aber er konnte die Sache nicht so stehen lassen; er musste seiner Geschichte das hinzufügen, was man auf See und unter der Besatzung den 'Clou' nennt, sonst würde ihr ein wichtiger Bestandteil fehlen, und sie würde von seinen Kameraden kaum als vollständig angesehen werden. Nachdem er also ein- oder zweimal mit seinem Kautabak beschäftigt hatte, setzte er seine Geschichte fort.

»Nun, Kameraden, es gab nicht viel an Bord, was uns interessiert hätte, da wir so weit von zu Hause weg waren, aber ich dachte mir, dass ich den Hund gerne mitnehmen würde, um der Schiffsbesatzung bei unserer Rückkehr zu zeigen, dass das, was wir gesagt hatten, kein Scherz war, sondern der Wahrheit entsprach. Ich fragte also den Maat, ob ich den Hund mitnehmen dürfe, um ihn der Mannschaft zu zeigen, und er gab mir die Erlaubnis. Also schulterte ich ihn, und er war auch keine leichte Last. Er war ein großer, vollblütiger Neufundländer, aber ich trug ihn den ganzen Weg zum Schiff selbst, und als ich ihn an Bord brachte, war er etwas, das nicht wenig Neugier erregt hatte, das kann ich euch sagen, denn er war eine Art Muster dessen, was wir an Bord des Fremden gefunden hatten.«

»Ich hatte den Hund mit in die Messe genommen und besprach die Sache in der Nacht mit der Mannschaft. Schließlich legten wir uns hin, nachdem wir ein paar Geschichten gehört hatten, und lagen bis fast Mitternacht ruhig da, bis mich ein leises, zitterndes Stöhnen aus dem Schlaf weckte.«

»Ich bin aufgeschreckt, denn es hörte sich schrecklich an, und schaute mich um. Da ich aber alle anderen schlafend vorfand, dachte ich, ich hätte es geträumt, und legte mich wieder hin; aber kaum hatte ich das getan, wiederholte es sich, und diesmal lauter als zuvor. Ich schreckte wieder auf, konnte aber nicht sagen, was es verursacht hatte, bis meine Augen zufällig auf dem Kadaver des Hundes ruhten, der direkt neben dem großen Schiffskessel lag, in dem ständig Feuer gemacht wurde, und, meine Lieben, was glaubt ihr, was ich sah? Ich werde es euch sagen.«

»Das Neufundländerviech bewegte sich. Ich bin im Nu aufgesprungen, und verdammt, wir haben ihn noch vor Tagesanbruch so aufgetaut, dass der Kapitän einen Matrosen runtergeschickt hat, um den Lärm unter Deck zu unterbinden, so laut hat der hungrige Strolch gebellt.«

»Schau her, Brace«, sagte der eine, »das ist ziemlich starker Tobak.«

»Nein, nein«, sagte Brace, »alles wahr, Ehre wem Ehre gebührt, Kameraden.«

»Willst du wirklich sagen, dass dieser Hund wieder zum Leben erwacht ist?«, fragte ein anderer aus der Mannschaft.

»Ja, das will ich, da steckt nichts Wundersames drin.«

»Nun«, fügte Terence Mooney hinzu, »du hattest den Trost, auf diese Weise das Leben ein Mitgeschöpf zu retten. Wirklich, so eine Tat ist nicht zu verachten, also klatscht mit euren Flossen, Kumpel.«

»Dein Garn ist ja schön und gut, Brace«, sagte einer seiner Kameraden, »aber das mit dem Hund ist ein bisschen viel.«

»Mach dir nichts draus«, sagte Brace, »und wenn ich so darüber nachdenke, Marling, bist du als Nächster dran.«

»Ja, ja, jetzt bist du dran«, sagten ein halbes Dutzend Stimmen auf einmal.

»Was das angeht, denke ich, dass ihr alle recht habt«, sagte Marling gutmütig, »also dann.«

Und nachdem er seinen Kautabak ein paar Minuten lang im Mund herumgedreht und einen Moment gezögert hatte, sagte er:

»Ich sage euch, Freunde, ihr müsst mich mit einem Lied entlassen, mir fällt nämlich gerade kein Garn ein. Wie wäre es damit?«

»Oh ja, ein Lied, ein Lied, gib uns ein Lied«, riefen sie alle zusammen.

»Nun denn, hier kommt ein Lied für den alten, grauen Neptun.«

MARLINGS LIED

Ho, ho, ho, Kameraden, wir singen
Vom Ruhm des Neptun, dem König der Meere
Er regiert das Wasser, das weite Meer ist sein Zuhause
Ho ye-ho, in seinem Reich da wandern wir.

Einen blauen Teppich breitet er aus übers Meer
Auf dem unsere Barke lustig wandelt
Auch wenn er lebt auf dem Meeresgrund
Er bläst den frischen Wind in unsere prallen Segel.

Landratten an der langweiligen, zahmen Küste
Lieben ihre Heimat, doch die unsre lieben wir mehr
Oh, ein Schiff und Salzwasser, Kameraden, für mich
gibt es nichts auf der Welt wie die offene See.

Landratten sind grüne Jungs, ich hab' das Gefühl
Sie kennen nicht die Freuden auf dem Meer
Zufrieden leben sie ihr ganzes Leben an einem Ort
Wie Honigbienen bleiben sie in ihren Bienenstöcken.

Wir haben die Stürme, sie haben die Erdbeben
Wir haben Probleme, sie haben sie sicher mehr
Seltene Nahrung finden wir auf den Inseln des Meeres
Wenn die tropischen Früchte wachsen, sind wir da.

Freunde, gebt uns das Meer, denn nichts als die See
ist ein gutes Zuhause für unsere freien Herzen
Ho, Jungs ho! dann lasst uns alle singen
Zum Ruhme Neptuns, dem König der Meere.

Seine Kameraden bedachten dieses Lied, dessen Text von Marling stammte und zu einer beliebten Melodie gesungen wurde, mit großem Beifall, und er musste es immer wieder singen, bevor sie zufrieden waren. Terence Mooney schwor, bei allem, was ihm heilig war, dass es alles in den Schatten gestellt hatte.

»'Und hast du dir das alles selbst ausgedacht?'«, fragte Terence.

»'Es ist meins, so wie es ist, Terence, mein Junge.'«

»'Dann bist du ein richtiger Dichter, denn sind nicht gerade sie die Autoren der Poesie? Ach, jetzt haben wir auch noch einen Dichter in unserer Kajüte.'«

Aber dem Leser sollen Marlings Verse zeigen, dass das Vorschiff nicht ganz ohne guten Geschmack ist und dass manch tapferer Sohn des Ozeans einen Fundus an Witz, ja, auch Genie in sich trägt, der nur auf die Gelegenheit wartet, hervorgerufen zu werden.

Als wären sich alle einig, wandten sie sich nun an Terence Mooney und warfen ihm das 'abscheuliche Vergehen' vor, seit Beginn der Reise nicht ein einziges Mal sein Garn gesponnen zu haben. Terence hatte keine Begabung für das Erzählen von Geschichten und zappelte deshalb unter den Sticheleien und Scherzen seiner Kameraden ziemlich herum. Schließlich leuchteten seine Augen auf, seine Züge wurden durch einen imposanten Blick von Intelligenz und Begeisterung erhellt, als er sagte: »Ich habe nichts in dieser Richtung anzubieten, Freunde, aber es gibt einen kleinen Umstand, der mir vor nicht allzu langer Zeit widerfahren ist. Ich werde euch davon erzählen«.

Und Terence erzählte auf seine ganz eigene Art von der Güte, die Kapitän Channing seiner sterbenden Mutter erwiesen hatte. Er hatte dies nie zuvor in allen Einzelheiten erwähnt, obwohl seine Kameraden wussten, dass der Kapitän Terence einmal in wohltätiger Weise geholfen hatte. Sie hätten sehen sollen, wie den rauen Seebären die Tränen in die Augen stiegen, als Terence seine Geschichte mit einem Gefühl erzählte, das nicht zu verkennen war. Es zeigte sich, dass das Vorschiff ebenso gütige und sensible Herzen beherbergte wie das Achterdeck.

Es gab keinen offenen Beifall nach der Erzählung von Terence, aber sie zeigte ihre Wirkung, und ein oder zwei grobe, aber ehrliche Schläge auf die Schulter zeigten ihm, dass die Versammlung ihm zu verstehen geben wollte, dass er insgesamt ein besonders kluger Bursche war, wobei gerade dieses Schulterklopfen den unauslöschlichen Charakter ihrer Wertschätzung zum Ausdruck bringen sollten.

Was Kapitän Channing anbelangt, so wurde an Ort und Stelle nochmals bekräftigt, dass es nie einen anderen wie ihn gegeben hat, obwohl es kaum dieses neuen Beweises der Güte ihres Befehlshabers bedurfte, um sie zu einer solchen Erklärung anzustacheln, da sie dieses Gefühl ihm gegenüber schon lange hegten. Und das konnten sie auch tun, denn sie fühlten sich geborgen, und der, der sie befehligte, sorgte sich ständig um ihr Wohlergehen. Wie leicht ist es, die Zuneigung und Achtung derer zu gewinnen, die von uns abhängig sind, wenn wir sie so behandeln, wie wir selbst in einer ähnlichen Situation behandelt werden möchten. Das ist eine goldene Regel, was diesen Punkt anbelangt.

Ich weiß nicht, warum das so ist, aber es ist eine bekannte Tatsache, dass Seeleute berüchtigt sind für das Erzählen von Geschichten oder, wie sie es nennen, für das Spinnen von Seemannsgarn. Sie machen dies zu ihrer Unterhaltung, denn es gibt keine eintönigere Aufgabe an Bord, als die eines Mannes am Mast. Eingepfercht in enge Grenzen sieht er nur wenige Gesichter und ist mit ihnen vielleicht monatelang zusammen, ohne einmal an Land zu gehen. So sind die Männer im Vorschiff, die nur selten Bücher besitzen, auf ihre eigenen Mittel der Unterhaltung angewiesen.

Das Geschichtenerzählen ist eine sehr natürliche und faszinierende Art der Vergnügung, die sie zu allen Gelegenheiten anwenden. Ich habe manchmal Bemerkungen von Landratten gehört, dass es Unsinn sei, zu behaupten, die in Büchern so wunderbar geschilderten Geschichten würden von Seeleuten stammen, die diese ihren Kameraden als Seemannsgarn vorgesponnen haben. Die Männer am Mast könnten nicht so reden. Das ist ein Irrtum – die ständige Gewohnheit macht sie ziemlich perfekt, und ich habe mir eine ganze Wache hindurch eine gut erzählte Geschichte von einem aus der Mannschaft eins Handelsschiffs angehört, wie ich sie noch nie gelesen hatte. Sie wurde auch mit einem Grad von Raffinesse vorgetragen, die ich nicht erwartet hatte.

So war die Besatzung der Constance nun beschäftigt, und ich kann es nicht unterlassen, eine weitere Geschichte zu erzählen, die bei dieser Gelegenheit auf dem Vorschiff gesponnen wurde. Das Lied schien sie alle inspiriert zu haben, und sie forderten lautstark und untereinander sofort eine weitere Geschichte.

»Komm, Jennings, du bist dran, da gibt es keinen Zweifel«, sagten einige der Männer zu einem ihrer Kameraden, der neben der Truhe saß.

»Ja, ja, Freunde, wartet ein bisschen, bis ich meine Erinnerung wiedergefunden haben.«

»Das ist es, eine Geschichte von Jennings, eine Geschichte von Jennings«, riefen sie alle.

Jennings war ein echter Yankee: groß, muskulös und gut aussehend, mit einem hohen Maß an Intelligenz, die aus seinen Gesichtszügen hervorblitzte.

Wie für seine Art typisch, war er darauf aus, Geld zu verdienen, und das hohe Lohnangebot des britischen Kapitäns hatte seine Gier so weit gereizt, dass er sich zu einer, wie er glaubte, einfachen Handelsreise zu den Westindischen Inseln entschlossen hatte.

»Nun, Freunde, ihr habt über das salzige Meer gesprochen; ich werde euch dagegen eine Geschichte über das Land erzählen, und die wird eine ganz andere sein, also fangen wir an. Aber lasst mich euch gleich zu Beginn sagen, dass es keine lange Geschichte ohne Sinn ist, sondern eine Tatsache.«

»Die meisten von euch kommen aus der gleichen Gegend wie ich, aber ich glaube nicht, dass ihr diese Geschichte schon gehört habt, denn sie hat sich viele Meilen hinter dem westlichen Ende der Stadt Boston zugetragen, und zwar in der Nähe meines Geburtsortes. Seht ihr, ich wurde in den Hadley-Ebenen in Massachusetts geboren, direkt an einer Biegung des Connecticut, kam aber schon bald ans

Meer, als ich alt genug war, um das Haus zu verlassen. Dort habe ich eine Liebe für das Meer entwickelt, der ich seitdem gefolgt bin.«

»Ich war noch recht jung, als ich von zu Hause wegging, doch ich erinnere mich gut an den einzigen Ort auf der ganzen Welt, an dem man mich begraben soll, wenn die Kreuzfahrt des Lebens vorüber ist. Es ist die Gegend der grünen Wiesen und der geschwungenen Biegungen des Connecticut, der sanft am Rand des Mount Tom und Mount Holyoke fließt. Nicht weit von diesem Ort entfernt wurde ich geboren. Unmittelbar über uns und in der Nähe des Fußes dieser beiden höchsten Berge des Staates lebte ein Indianerstamm, der mit den Siedlern befreundet war und mit dem sie wie Brüder zusammenlebten.«

»Als Junge bin ich zwischen ihren Hütten umhergewandert, habe die steilen Pfade der Berge erklommen, bin zwischen den Hainen und Feldern, welche die Ufer des Flusses säumen, umhergewandert, und, meine Lieben, ich habe mich manchmal in meinen Träumen gefragt, ob wir im Himmel glücklichen sein würden, als ich es damals war, und ob das Paradies ein milderer oder wünschenswerterer Ort sein kann als dieser. Nun, Kameraden, es ist eine Geschichte über diesen Indianerstamm, die ich euch erzählen werde, oder besser gesagt, über eine von ihnen.«

»Der alte Häuptling des Stammes hatte nur zwei Kinder, beides Mädchen, die so rein und hübsch waren wie ein Rehbock aus den Bergen; sie waren der ganze Stolz des alten Mannes und auch des ganzen Stammes.«

»Die Älteste hieß Kelmond, was in ihrer Sprache 'Das Bergkind' bedeutet. Sie nannten sie so, weil sie in einer ihrer Hütten an der Seite jener Erhebung des Mount Holyoke, geboren wurde, von wo aus man auf das Tal des Connecticut hinunterschaut, so wie ihr, Freunde, auf das Deck einer Brigg schauen könnt, wenn ihr an der Spitze des Hauptmasts steht.«

»Ihre Schwester hieß Komeoke, was in ihrer Sprache 'Die Schöne' bedeutet. Sie nennen ihre Frauen immer in dieser Art, mit einem weichen und hübschen Namen.«

»Nun, die Älteste war das hübscheste und sanfteste Geschöpf, das man je gesehen hat, und es gab keinen Krieger im ganzen Stamm, der sie nicht zur Frau haben wollte, wenn er sie hätte bekommen können. Aber irgendwie liebte sie es, ihre Tage in den Wäldern zu verbringen, wilde Blumen zu binden und an den hellen, klaren Bächen zu liegen, die zu Tausenden an den Berghängen und in den Hainen entspringen. Sie hörte nie auf diese wilden Liebeslieder und Zeichen der Zuneigung.«

»Ihre Schwester war ebenfalls ein sehr hübsches Mädchen, und wenn man die Älteste nicht gesehen hätte, dann hätte man die Jüngste wirklich für das hübscheste Geschöpf halten können, das man je gesehen hatte, obwohl ihre Art von Schönheit von ganz anderer Art war. Sie war ganz und gar indianisch, kühn, furchtlos und glich eher einem Mann als einer Frau. Die Schwestern liebten sich mit der ganzen Inbrunst der Zuneigung, die ihre mädchenhaften Herzen empfinden konnten, obwohl sie so unterschiedlich veranlagt waren.«

»In unserem Dorf, wenn ich das Dutzend Häuser, aus denen der Ort bestand, so nennen darf, hielt sich um das Blockhaus herum ein junger Engländer auf. Er war mit seinem Gewehr und seinen Hunden sowie einem einzigen Diener dorthin gekommen, um zu seinem reinen Vergnügen zu jagen. Er war ein feiner, gut aussehender Mann, gehörte zu einer großen Familie in England und war etwa zweiundzwanzig Jahre alt.«

»Er war erst ein paar Wochen bei uns, als er auf seinen Wanderungen Kelmond, das älteste der beiden hübschen Kinder des Häuptlings, traf. Ich sage euch, Kameraden, ich glaube nicht, dass es jemals einen Mann gegeben hat, der eine bessere Methode hatte, sich beliebt zu machen. Er hatte so eine gewinnende Art, genau wie unser Kapitän; ich meine, er hatte die Fähigkeit, von allen geschätzt zu werden.«

»Nun, es dauerte nicht lange, bis er sich mit dem schönen Indianermädchen anfreundete. Sie trafen sich oft allein im Wald, und der Engländer gewann ganz und gar ihr Herz.«

»Ich fand es heraus, indem ich ihm einmal folgte, um zu sehen, wohin er jeden Tag so regelmäßig ging und ich verstand bald die Spur.«

»Es war klar, dass er aus irgendeinem Grund nicht wollte, dass jemand von der Sache wusste, und als ich es ihm gegenüber angedeutet hatte, sagte er mir, ich solle nichts darüber sagen. Er gab mir einen Dollar, damit ich den Mund halte, während er immer noch regelmäßig jeden Tag zu dem Ort ging, an dem sie sich trafen und stundenlang zusammensaßen.«

»Ich weiß nichts von den Geschichten, die er dem Mädchen erzählt oder was er ihr versprochen hatte, aber der Schurke hat sie betrogen, so viel weiß ich.«

»Randolph, so hieß der Engländer, hatte in großen Städten gelebt, wo es alle Arten von Laster und Übel gibt, wie ihr und ich wisst, Freunde. Vielleicht hielt er deshalb die Sache nicht so sehr für ein Verbrechen, wie manch andere es sehen würden, das tut aber nichts zur Sache, er hat sie betrogen und bald darauf verlassen.«

»Sehr bald hatte ich auch das herausgefunden. Obwohl ich noch ein Junge war, wusste ich einige Dinge, von denen der Engländer dachte, ich wüsste sie nicht. Als ich sah, dass er die Lichtung immer auf einem anderen Weg verlässt, verstand ich die ganze Angelegenheit und sagte es ihm. Er bot mir wieder Geld an, aber ich lehnte ab. Ich ließ ihn wissen, dass ein Indianer niemals eine Verletzung verzeiht, und dass er dafür leiden müsste. Wenn sie sich nicht selbst rächen würde, gäbe es hundert Messer, die es für sie tun. Sie würden ihn finden, egal wo er sich versteckt. Aber denkt nur, er kümmerte sich nicht um mich und blieb weiter in der Gegend.«

»Nun, die Zeit verging, und eines Tages war ich mit meinem Gewehr auf der Jagd nach Wild und befand mich zufällig ganz in der Nähe des Ortes, an dem sich Randolph und Kelmond zu treffen pflegten. Als ich dorthin kam, fand ich das Indianermädchen an der Stelle, und sie weinte, wie ich es noch nie bei einer Indianerin gesehen hatte, denn, meine Freunde, ihr müsst wissen, dass sie eine aus hartem Holz geschnitzte Rasse sind.«

»Ich konnte nicht anders, als ihr allen Trost zu spenden, wie ich es nur konnte. Und, seht ihr, sie wusste, woher ich kam, und so fragte sie mich nach Randolphs Gesundheit und dergleichen, aber sie machte ihm keinen Vorwurf wegen seiner Täuschung, mit keinem einzigen Wort.«

»Es hätte dich zum Heulen gebracht, wenn du gesehen hättest, wie dieses arme Mädchen mit gebrochenem Herzen nach demjenigen fragte, der sie betrogen hatte, und zwar mit der ganzen Wärme einer Zuneigung, die niemals sterben kann.«

»Die Liebe einer Frau hat etwas Seltsames an sich, Freunde; ich bin nie viel in diesen Breitengraden der Liebe gesegelt, aber ich habe die gesehen, die es getan haben, und ich kann aus eigener Erfahrung sagen, dass ich es für mich selbst nie ausloten konnte, so oft ich auch die Leine ins Wasser getaucht habe. So war es auch bei diesem schönen indianischen Mädchen. Ihr Herz war immer noch dasselbe gegenüber demjenigen, der ihre Reise des Lebens zu einer vollkommenen Misere gemacht hatte.«

»Schaut, Freunde, von dieser Stunde an verdorrte und verwelkte das Bergkind, diese wilde Blume der Berge wie ein zerbrochenes Schilfrohr, bis das Misstrauen ihrer Schwester Komeoke geweckt wurde und sie ihr schließlich ihr ganzes Elend erzählte. Sie hörte es ohne ein Wort der Rache und tat alles, was ihr gutes Herz ihr raten konnte, um es ihrer lieben Schwester so angenehm wie möglich zu machen. Aber nur ein paar Tage nachdem sie ihrer Schwester ihr Geheimnis erzählt hatte, verlor das arme, schöne, aber unglückliche Mädchen den Verstand, wie ein Schiff ohne Kompass, so sagt man. Jedenfalls kletterte sie auf den höchsten Teil des Mount Holyoke, wo ein langer, scharfer Felsen aus dem Berghang herausragt und ins Tal schaut, und stürzte sich von dieser ungeheuren Höhe auf die Felsen und Steine darunter.«

»Ihr Vater fand ihre Leiche am nächsten Tag völlig verstümmelt und in Stücke gerissen. Auch ihre Schwester schaute auf ihren toten Körper und sprach dann den tiefen, schrecklichen Fluch ihres Stammes auf denjenigen aus, der dieses Verderben verursacht hatte. Sie vergoss keine einzige Träne, wie mir ein roter Krieger später erzählte, aber ihr Geist war wach – ihre Gefühle kamen in Wallung, und das indianische Blut pumpte in ihren Adern.«

»Noch bevor eine weitere Sonne untergegangen war, Freunde, kam Randolph in die Nähe der Tür des Hauses, in dem er wohnte, und hielt an. Da wurde er von einem vergifteten Pfeil nahe bei seinem Herz getroffen. Wenige Augenblicke später kam die Schwester von Kelmond zu ihm und erklärte ihm, warum der Pfeil geschickt worden war. Sie sagte, dass er zusammen mit Kelmond vor dem Gott der Indianer erscheinen würde, dass er in die schmutzigen, schwülen Sümpfe verbannt würde, in denen die Bösen leben, während die Guten die glücklichen Jagdgründe der Gesegneten durchstreifen.«

»Nun, Freunde, Randolph starb an dieser tödlichen Wunde, und ich für meinen Teil kann sagen, dass er es nicht verdient hatte, zu leben. Die Schwester wurde gerächt, und Komeoke wurde die Frau eines großen, tapferen Kriegers.«

»Bald danach habe ich die Gegend verlassen. Ich ging nach Boston und fuhr zur See, aber ich habe Leute aus der Siedlung gesehen, die sagen, dass die Geschichte hier nicht zu Ende ist, denn in jeder klaren Mondnacht erschein um Mittenacht die Gestalt des Indianermädchens auf dem hohen Felsen. Der Stamm bringt ihrem Geist immer wieder viele Opfer, aber sie erscheint dort trotzdem immer noch an jeder solchen Nacht.«

»Das, meine Freunde, ist meine wahre Geschichte über das Indianermädchen von Mount Holyoke.«

Das Glück ist eine wankelmütige Göttin, und nun drohte sie Fanny in der größten Not zu verlassen.

Die kleine Flotte näherte sich schnell der Küste von Cape Cod, als der Ausguck die übliche Meldung über ein Schiff in Sicht machte.

Alle an Bord der Constance sowie auf den erbeuteten Schiffen, die Barke und das andere, wussten um die prekäre Lage, in der sie sich befanden, denn sie kamen jetzt an eine Küste, an der es von feindlichen Schiffen nur so wimmelte. Man hatte alle erdenklichen Vorsichtsmaßnahmen getroffen, um die kleine Bewaffnung zu verstärken, aber acht Mann Besatzung auf einem noch so gut bewaffneten Schiff konnten gegen ein normales Kriegsschiff mit voller Besatzung, selbst der kleinsten Klasse, nicht viel ausrichten.

Das wussten sie sehr wohl, und es wurde nichts unversucht gelassen, um alles bereitzuhaben, was ihnen im Falle eines Angriffs nützlich sein könnte. Die Waffen waren alle doppelt geladen, und sie taten alles, was die Wachsamkeit erforderte. Auf den erwähnten Schrei des Ausgucks hin, waren alle in Alarmbereitschaft.

Es war Morgen, und da der Wind frisch und günstig war, hatten alle gehofft, noch in dieser Nacht im ruhigen kleinen Hafen von Lynn vor Anker gehen zu können. Die Besatzung war sich sicher gewesen, dass der Kapitän dort anlanden würde. Es war auch ein kalter Tag, und die frostigen Winde des nördlichen Winters waren für die Menschen an Bord der Constance und auf den eroberten Schiffen, die erst vor Kurzem die milderen Breiten des Südens verlassen hatten, doppelt spürbar.

Das fremde Segelschiff erwies sich als eine Brigg von etwa gleicher Tonnage wie die Constance und offensichtlich ein Schiff im Auftrag des Königs, das die britische Flagge am Mast trug. Sie stellte sich kühn vor die Constance, die von ihren Leuten anscheinend etwa zur gleichen Zeit entdeckt worden war, als sie selbst von den Amerikanern gesehen wurden, und feuerte bald herausfordernd ein Geschütz ab.

Lovell, der die drohende Gefahr erkannte, scherte bis auf Rufweite an die Brigg heran, als Fanny ihm und auch Herbert befahl, sich voneinander zu trennen. Sie sollten aber ihren Hafen anlaufen, ohne sich um das Schiff des Königs zu kümmern, da es keinen Sinn habe, den Verlust ihrer Beute zu riskieren. Sie selbst könnte versuchen, sich auf irgendeine Weise aus dem Ärger herauswinden oder zumindest die Aufmerksamkeit des Feindes von den beiden Schiffen abzulenken, bis sie entkommen waren.

Lovell befand sich nun in einem Dilemma: Er wagte es nicht, einen Befehl zu missachten, auch um kein schlechtes Beispiel abzugeben oder auch nur für einen einzigen Moment die Angemessenheit des Befehls infrage zu stellen, und es blieb ihm nichts anderes übrig, als ihn zu befolgen. Er tat dies mit großem Widerwillen, jedoch in der vollen Zuversicht, dass Fanny alles zum Besten führen würde.

Die Barke und das andere Schiff hielten also Kurs auf den Hafen, während Fanny dem Mann am Ruder den Befehl gab, die Brigg vor den Wind zu setzen, in der Hoffnung, dem feindlichen Schiff davonzusegeln. Der Feind hatte sich bereits so weit genähert, dass die Stärke des Schiffes deutlich wurde und sie klar erkennen konnte, womit sie es zu tun hatten. Bei der Brigg handelte es sich um die Dolphin mit zwölf Kanonen und etwa fünfzig Mann Besatzung. Sie war somit nicht voll besetzt, da sie auf Befehl des Admirals einige ihrer Männer für eines der größeren Schiffe auf der Station abstellen musste.

Als der Kapitän der Dolphin sah, dass sich die Schiffe trennten, erkannte er, dass er eines als Ziel für seinen Ehrgeiz auswählen musste, und dass er die drei nicht in eine Position bringen konnte, die ihre gemeinsame Kaperung wahrscheinlich machte. Die Auswahl dauerte einige Zeit, aber schließlich entschied er, dass die Constance diejenige war, die seiner Ehre am meisten würdig war, und nahm sofort die Verfolgung auf.

Eines der aufregendsten Dinge, die man sich vorstellen kann, ist eine Verfolgungsjagd auf See. Der Seemann wünscht sich immer mehr Wind, wobei er anscheinend vergisst, dass dieselbe Kraft, die sein eigenes Schiff antreibt, auch das des Gegners unterstützt. Und wenn die beiden Schiffe ungefähr die gleiche Tonnage haben, muss die Zunahme ihrer Geschwindigkeit, was die Windstärke betrifft, fast, wenn nicht genau, im gleichen Verhältnis stehen. Zu dieser Zeit wehte eine sehr frische Brise, und dennoch hörte Fanny nicht auf, sich mehr zu wünschen.

Die beiden Schiffe hatten auf diese Weise fast drei Stunden lang ihre Segeleigenschaften erprobt, als deutlich wurde, dass der Feind, der seine Segel besser und schneller handhaben konnte, gegenüber der Constance weit im Vorteil war, und dass er sie zügig einholte. Die Brise hatte sich zu einem heftigen Schlag gesteigert, und Fanny war gezwungen, ein Segel nach dem anderen zu bergen, bis die Brigg nun, immer noch wie ein Pfeil vor dem Wind, unter dicht gerefften Toppsegeln, Fock und Großsegel vorwärts sprang, während die Dolphin, die jederzeit die Segel verringern konnte, kühner war und an der Besegelung festhielt und so die Constance Stück für Stück einholte.

Es war offensichtlich, dass es kein Entkommen gab, zumindest nicht ohne vorher zu kämpfen, und Fanny war entschlossen, dies zu tun, obwohl sie nur acht Männer gegen fünfzig hatte. Die See war jetzt so hoch, dass an ein Entern zum Glück nicht mehr zu denken war. Fanny, mit ihrem scharfen Verstand, realisierte dies sehr gut, und sie hoffte, dass es sich möglicherweise als Sicherheit erweisen würde, indem sie in der Lage war, auf Distanz zu kämpfen, wo ihre acht Männer einen gewissen Vorteil mit der schweren Kanone mittschiffs haben konnten.

Der Wind blies stürmisch, und die Constance flog nur noch mit einem doppelt gerefften Toppsegel über das Meer, um ihren Kurs zu stabilisieren und das Schiff zu steuern. Die Dolphin kam mit einer kaum weniger furchterregenden Geschwindigkeit voran und lief nun unter fast nackten Masten; aber als der Kapitän der Dolphin feststellte, dass sein Gegner nun seinen Abstand wieder vergrößerte, schüttelte er ein Reff aus seinem einzigen ausgebreiteten Segel und holte bald wieder auf die Constance auf.

Es dauerte nicht lange, bis Fanny feststellte, dass der Vorteil, den sie gegenüber ihren früheren Feinden besessen hatte, auch bei dieser Gelegenheit galt; denn obwohl die Dolphin zwölf Kanonen trug, hatte keine von ihnen das gleiche Kaliber wie die Kanone der Constance mittschiffs, und bei der jetzigen Entfernung waren sie eigentlich überhaupt nicht von Nutzen.

Es war ein furchterregender Anblick, diese beiden Schiffe durch den tosenden und stürmischen Ozean rasen zu sehen, ohne Rücksicht auf die kriegerischen Elemente und scheinbar nur auf die gegenseitige Zerstörung bedacht. Fast jeder andere Offizier in den Diensten Seiner Majestät hätte in einem solchen Sturm, wie er jetzt herrschte, lieber auf die Sicherheit seines eigenen Schiffes geachtet; aber der Kapitän der Dolphin war einer, der ein Ziel nicht so leicht aufgab. Er war stolz auf seine seemännischen Kenntnisse, und obwohl er auf alles achtete, behielt er die Verfolgung im Blick und war entschlossen, sie nicht aus den Augen zu verlieren, wenn er es vermeiden konnte.

In bestimmten Abständen, wenn immer ein Zielen möglich war, feuerte die Dolphin auf die Constance, aber mit wenig oder gar keiner Wirkung, während die Besatzung der amerikanischen Brigg nur dann feuerte, wenn sie sich ihres Ziels ziemlich sicher war, und hatte so dem Rumpf und der Takelage der Dolphin bereits furchtbare Schäden zugefügt.

Sie brauchten zwei Männer am Ruder der Constance, und so blieben Fanny nur sechs von der Besatzung, um das Schiff zu handhaben und die Kanone mittschiffs zu bedienen. In diesem Dilemma spürte Fanny, dass ihr mehr Männer fehlten, und sie hatte sich schon selbst seit einiger Zeit bei allen leichten Arbeiten an Deck betätigt. In diesem Augenblick, in dem diese Tatsache deutlich erkennbar war, erschien die stämmige Gestalt des begnadigten Engländers an Deck, der auf eigenen Wunsch hin nach unten gehen durfte, damit er nicht gegen seine eigenen Landsleute wenden musste.

»Kapitän Channing«, sagte er, »ich kann nicht gegen meinen König kämpfen, aber wenn Sie diesen beiden Männern befehlen, vom Steuerrad wegzugehen, werde ich Ihnen treu dienen.«

»Dies war ein wichtiger Posten, und Fanny nahm das großzügige Angebot des Mannes, dem sie kürzlich das Leben geschenkt hatte, dankend an. Das war keine geringe Hilfe für sie, und sie überließ ihm das Steuerrad, während sie selbst die Leitung der Aktion übernahm.«

Wenn Lovell sie dort hätte sehen können, mit dieser edlen Verachtung der Gefahr, die aus ihrem Gesicht strahlte, als sie das Ansteigen und Anschwellen des Meeres beobachtete, um die Dolphin anzuvisieren und das Streichholz mit ihren eigenen Händen anzusetzen. Wenn er sie dabei gesehen hätte, mit dem Kopf den tobenden Elementen zugewandt, aber kühl ihre Befehle an die Männer gebend, hätte er sie für vom Himmel inspiriert gehalten.

Der Lange Tom, von der Besatzung der Constance bedient, hatte an Bord des Feindes bereits tödlich gewirkt. Durch ein einzigartiges Glück wurde kaum ein Schuss verschwendet, und diese furchterregende Treffsicherheit erstaunte sogar den Kapitän der Dolphin, der zwar ständig feuerte, aber bei der Entfernung, in der sie sich befanden, nur wenig Schaden anrichtete.

»Ich würde mir jetzt wünschen, ich hätte eine ganze Reihe mehr von Männern an Bord, Brace«, sagte Fanny zu dem Mann, der jetzt ihr Maat war, »damit wir die Brigg dort drüben kapern können. Wir könnten es schaffen, Sir, wenn sie nur für uns durchhalten könnte, bis der Sturm nachlässt – und wir mehr Leute hätten.« Bei dem Gedanken an eine *weitere Beute* funkelten Fannys Augen.

»Die da drüben mögen unser Geschütz nicht, Sir, denn sehen Sie, Kapitän Channing, sie scheren so weit aus, wie sie sich bei dem Wind und dem Sturm aus Nordwesten trauen.«

»Stimmt genau, Sir«, sagte Fanny zu ihrem treuen Steuermann, »wir haben genau den richtigen Abstand für unsere Zwecke und müssen ihn halten, Mr. Brace.«

»Das denke ich auch, Sir«, sagte der Maat und richtete die Kanone aus.

So begann die Constance tatsächlich die Rolle des Verfolgers einzunehmen, während die Dolphin sich bemühte, aus der Reichweite des zerstörerischen Langen Tom zu kommen. Fanny begann tatsächlich, den Stolz eines Siegers zu empfinden, ungeachtet der Gefahren, die durch das furchtbare Wüten des Sturms noch immer da waren.

Schauen wir uns jetzt an, was an Bord der Dolphin geschah.

»Mr. Millman«, sagte der Kommandant des königlichen Schiffes zu seinem zweiten Offizier, »halten Sie das Schiff ein oder zwei Striche weiter weg, das verfluchte Einzelgeschütz der Rebellen wird uns noch versenken, wenn wir nicht aus seiner Reichweite kommen. Ein bisschen mehr, Sir, ruhig, ja richtig so, das hält sie aus – halten Sie es so – das ist gut.«

'Drei meiner besten Männer tot und ein Dutzend in den Händen des Chirurgen durch diese verdammten Splitter und Eisenstücke', dachte der Kapitän halbblaut, 'wer hätte das alles vorhersehen können?'

»Hallo da, wen hat es jetzt erwischt?«, sagte der Kapitän zu einem Offizier, der sich näherte, um die Wirkung des letzten Schusses der Constance zu melden, der die Dolphin genau mittschiffs getroffen hatte.

»Ein paar der besten Kojen sind jetzt für die Kreuzfahrt leer, Sir, und auf dem Hauptdeck ist ein zwei Zoll tiefer Graben, alles durch eine einzige Kugel!«

Dies war nach dem zweiten Schuss, der ihm gemeldet worden war; fünf seiner besten Männer waren tot, und die Krankenstation war voll mit Verwundeten.

»Der Teufel soll diesen Rebellen-Piraten holen«, sagte der Kommandant der Dolphin, »wer hat je gewusst, dass ein Schuss bei einer solchen See und in einem so verfluchten Sturm so viel Wirkung zeigt?«

»Halten Sie es noch einen Strich weiter weg, Mr. Millman«, sagte der Kapitän zu seinem Sekundanten. Der Schurke wird bei diesem Tempo die ganze Mannschaft ermorden, und ich kann nicht einen einzigen Schlag ausführen.«

»Ich fürchte, das Schiff wird keinen weiteren Strich Abweichung vom Kurs mehr aushalten, Sir«, wagte der Leutnant zu sagen, »sie ist schon jetzt furchtbar belastet, Sir.«

»Dann lassen Sie es so, wie es ist, Sir, wenn Sie können«, knurrte der Kapitän, »und der verdammte Schurke versenkt uns sowieso nicht, bevor die Nacht hereinbricht.

Die Schüsse der Constance waren in der Tat furchterregend genau, und mit jeder Entladung ging jenes einzigartige Glück einher (wenn man das Glück, das ein Menschenleben opfert, so nennen darf), das manchmal den Würfen eines Spielers folgt, der sich eine Zeit lang jedes Spiels und hoher Zahlen sicher zu sein scheint – und so war es auch mit den Schüssen von der amerikanischen Brigg. Fast alle schlugen mit erschreckender Genauigkeit auf das Deck der Dolphin ein. Es sah fast wie ein Wunder aus, dass die Treffsicherheit in einer solchen See so genau sein konnte, aber so war es, und zwar auf fatale Weise.

Der Kapitän der Dolphin schäumte und tobte wie der Sturm um ihn herum über diesen unerklärlichen Zustand, bis er schließlich auf Mr. Millman zuging, der am Ruder stand, und sagte: »Mr. Millman, wir müssen diesen Wimpel herunterholen«, wobei er auf die englische Flagge zeigte, die am Großmast flatterte und knisterte wie ein Pistolenschuss. »Die Brigg leckt schon von einem dieser verfluchten Schüsse. Und das bei einem solchen Sturm.«

»Herunterholen, Sir?«, fragte der Leutnant erstaunt.

»Nur für eine Weile.«

»Ah! Ich verstehe, Sir; eine List, das ist alles, nehme ich an.«

»Mr. Millman«, fuhr der Kapitän fort, »sie können nicht zu uns an Bord kommen, obwohl ich wünschte, sie würden es versuchen«, sagte er und ballte die Faust.

»Die Nacht wird bald hereinbrechen, Sir.«

»Stimmt, dann können wir unseren eigenen Kurs nehmen.«

Die notwendigen Befehle wurden erteilt, und die stolze Flagge des alten Englands wurde wieder demütig gegenüber der einfachen Kieferflagge heruntergeholt, die immer noch am Haupt der Constance wehte. Sie stellte ihr Feuer ein, und die ganze Sorgfalt ihrer Besatzung war darauf gerichtet, die Brigg in Sicherheit zu bringen, bis der Sturm nachlassen würde.

Die tiefe Dunkelheit versperrte dem Sieger und der Beute bald die Sicht, und der Sturm tobte noch bis fast zum Morgen, als er sich allmählich legte. Der Morgen brach klar und kalt an, und Fanny konnte ihren Gegner etwa drei Meilen luvwärts der Constance sehen, und in dieser Entfernung konnte sie leicht den verkrüppelten Zustand von dessen Holmen erkennen.

»Wenn er wüsste«, sagte sie zu Mr. Brace, »dass er nur ein halbes Dutzend Männer vorfindet, mit denen er es zu tun hat, würden wir ihn schon auf uns zukommen sehen, um den Nahkampf zu suchen; aber ich denke, er hat genug von uns, und das gute, eiserne Ding dort mittschiffs wird ihn davon abhalten, wenn er sich traut.«

Kaum war dies an Bord der Brigg gesagt, wurden die Rahen der Dolphin ausgerichtet, die Segel gesetzt, und in wenigen Minuten durchschnitt sie das Wasser schnell in Richtung der Constance.

»Ah! Mr. Brace, der Feind kommt für eine weitere Abreibung hierher«, sagte Fanny, »und da weht wieder die St. Georges Flagge, oder meine Augen täuschen mich. Der Bursche hat wohl mit seinem Fernglas gesehen, wie schwach wir hier an Bord sind.«

»Stimmt, Sir, der Kerl meint es diesmal ernst, und wir werden ihn bald in unserer Nähe haben. Dann liegt alles an uns, Kapitän Channing.«

»Gehen Sie hinunter und beaufsichtigen Sie das Geschütz, Mr. Breed, wir werden ihn so lange wie möglich aufhalten, Sir.«

Auch auf der Constance wurden alle Segel ausgebreitet, um dem gefürchteten Nahkampf zu entgehen, der dem Feind den Sieg sichern würde. Unter dem Einfluss der frischen Brise hüpfte sie leichtfüßig davon, und der Feind holte nur langsam auf, während der Lange Tom wieder auf dem Deck der Dolphin sein Unwesen trieb.

Schlecht erging es nun der unterlegenen Besatzung der Constance, die nicht in der Lage war, ihre eigenen Segel richtig zu trimmen, um den Wind auszunutzen. Obwohl Fanny sich bemühte, die Takelage ihres Feindes zu zerstören und so seine Geschwindigkeit zu verlangsamen.

Der Lange Tom, der während des Sturms so wunderbare Taten vollbracht hatte, erwies sich jetzt, da es verhältnismäßig ruhig war, als weit weniger effizient, obwohl, wie wir schon sagten, die Schüsse auf dem Deck der Dolphin ihre Wirkung entfalteten.

Bald begannen die Schüsse aus den kleineren Geschützen des Feindes die Takelage der Constance zu treffen, und ihr Segeln wurde dadurch stark beschädigt, während die Dolphin sich ihr schnell näherte.

»Mr. Brace«, sagte Fanny, als sie den Maat zu sich gerufen hatte, »wir werden bald in Kontakt mit dem Feind sein. Ich gebe die Brigg keinesfalls auf, auch nicht gegenüber großen Zahl, mit der wir es da drüben zu tun haben, ohne unser teuer zu verkaufen.«

»Ich bin bereit und willens, Sir, alles zu tun, was zwei Hände tun können«, sagte der willige Maat.

»Ich weiß es, Sir«, war die Antwort. »Ich habe einen Plan, mit dem wir die Zahl unserer Feinde verringern, wenn nicht sogar ganz loswerden können – vielleicht können wir sie damit vertreiben, wenn er vollständig gelingt.«

»Was wollen Sie, dass ich tun soll, Sir?«

»Lassen Sie diese sechs Karronaden alle nach achtern bringen, genau hier an der Erhöhung des Achterdecks. Stellen Sie sie in einer Linie nach vorn auf, sodass sie das Deck vollständig im Visier haben. Laden Sie sie mit Flintengeschossen, Projektilen und mit ein paar Schrotkugeln, und stellen Sie sicher, dass sie gut gefüllt sind – bis zur Mündung, Sir. Hängen Sie direkt vor ihnen, quer über das Deck ein großes Stück Leinentuch auf, das sie vollständig vor den Augen verbirgt. Stellen Sie sicher, dass Sie es so befestigen, dass es bei einer kurzen Vorwarnung fallengelassen werden kann. Seien Sie vorsichtig, Sir.«

»Ich verstehe, Sir«, sagte Mr. Brace.

»Beeilen Sie sich, wir dürfen keine Minute verlieren.«

»Aye, aye, Sir.«

Während dieser Befehl ausgeführt wurde, näherte sich die Dolphin schnell der Constance, wobei alles, was sie in ihrem verkrüppelten Zustand zustande bringen konnte, gut gehandhabt wurde. Fanny konnte an dem Kurs, den ihr Kapitän steuerte, erkennen, dass er beabsichtigte, die Schiffe dicht längsseits zu legen.

Das spornte sie an, ihren Plan auszuführen, und sie rief dem Maat zu: »Sind Sie bereit, Mr. Brace?«

»Ja, ja, Sir.«

Die Constance änderte ihren Kurs und steuerte kühn auf die Dolphin zu, bis sie auf der Steuerbordseite ankam und ihren Bugspriet über das Deck des Feindes schob. Im nächsten Moment sah man den Kapitän des königlichen Schiffes über den Bugspriet an Bord der Constance gehen, gefolgt von fast vierzig seiner Männer, die mit Enterhaken und Entermessern bewaffnet waren. Sobald sich die beiden Schiffe fest ineinander verkeilt hatten, sprang Fanny hinter die gerade vorgezogene Plane, wo die kleine Besatzung der Brigg bereits versammelt und vor dem Feind versteckt war.

Der Kapitän und die Besatzung der Dolphin sprangen sofort auf das Vorschiff der Constance, aber dort hielten sie inne, denn es gab keinen sichtbaren Feind, mit dem sie sich auseinandersetzen mussten, und da sie einen heimlichen Angriff befürchteten, rückten sie eng zusammen, als ob sie sich in Sicherheit bringen wollten, aber damit erhöhten sie unwissentlich ihre eigene Gefahr.

Während sie sich in dieser Position befanden, wurde auf ein Wort von Fanny hin die Plane fallen gelassen und die Streichhölzer wurden im selben Moment an die sechs Kanonen gehalten. Die Verwüstung war gewaltig! Mindestens zwei Drittel der Feinde, die die Brigg geentert hatten, wurden auf der Stelle getötet, während von den übrigen kaum einer ohne Verwundung blieb. Die eine Entladung der sechs Kanonen, die bis zur Mündung mit Pulver und Schrot geladen waren, richtete in der Tat furchtbare Verwüstungen an! Die Feinde, die sich noch auf den Beinen halten konnten, rannten angesichts der vielen Toten und Sterbenden zurück auf das Deck ihres eigenen Schiffes, doch als sie die Schwäche der Besatzung der Constance bemerkten, griffen sie erneut an und kämpften auf dem Deck Mann gegen Mann, bis sie schließlich siegten.

Fannys Pistole hatte einem der Feinde das Leben genommen, und die andere wurde dem Kapitän der Dolphin an die Brust gehalten, dessen Schwert ebenfalls zum Schlag gegen sie erhoben war, als beide vor Erstaunen innehielten und einander ansahen. Fannys Arm, der die Pistole hielt, sank zur Seite, und das Schwert ihres Gegners rührte sich nicht.

»Kapitän Burnet!«

»Fanny Campbell!«

Beide riefen den Namen des anderen aus; das Erstaunen der beiden war vollkommen.

Fannys Geistesgegenwart verließ sie keinen Augenblick, sondern sie wandte sich an den Kapitän der Dolphin und sagte:

»Um Himmels willen, enttarnen Sie mich nicht als Frau.«

»Aber kann ich meinen Augen trauen?«, fragte Burnet erstaunt.

»Sie täuschen Sie nicht«, sagte Fanny.

»Und Sie sind hier der Kapitän?«, fragte er.

»Das war ich, bis Sie an Bord kamen«, sagte Fanny galant und übergab ihr Schwert dem Sieger.

»Aber – aber – «, sagte Burnet zögernd.

»Ich werde Ihnen alles erklären, wenn wir allein sind«, sagte Fanny.

Sie wurde in die Privatkabine von Kapitän Burnet geführt, und eine nur vierköpfige Besatzung wurde auf die Constance gebracht, während die dortigen Gefangenen alle freigelassen und die meisten von ihnen an Bord der Dolphin gebracht wurden. Diese Gefangenen waren aufgrund der notwendigen Strenge ihrer Haft nicht in der Lage zu arbeiten, ja sie konnten kaum gehen. So bildeten die vier Männer, die an Bord der Constance gegangen waren, zusammen mit zwei der Gefangenen, die als arbeitsfähig befunden wurden, unter der Leitung des Maats der Dolphin, die gesamte Mannschaft, die man entbehren konnte.

Burnet konnte sich keine größere Zahl leisten, denn die letzte Begegnung hatte ihn mehr als zwei Drittel seiner gesamten Besatzung gekostet. Er hatte nur noch zehn Seeleute, um sein eigenes Schiff zu bedienen, und da sie sich so nahe am Hafen befanden, zweifelte er nicht daran, dass die Brigg Constance leicht in den Hafen zu bringen war. Er setzte daher die Segel und ließ sie zurück, damit sie ihm nach Boston folgt.

Kaum hatte die Dolphin ihre Beute so weit nach achtern hinter sich gelassen, dass man sie kaum noch sehen konnte, da änderten die von Fanny erbeuteten Schiffe ihren Kurs und kehrten zurück, um zu sehen, wie die Constance den Sturm überstanden hatte. Als sie in Sichtweite kamen, dauerte es nicht lange, bis sie den Stand der Dinge feststellten und sich wieder zu den Herren über die Brigg machen konnten.

Lovell erfuhr die Einzelheiten der ganzen Angelegenheit von dem Engländer, den Fanny begnadigt hatte. Die Spuren des furchtbaren Gemetzels auf dem Vorschiff der Constance waren immer noch sichtbar und wurden von Lovell und Herbert mit nicht geringem Interesse betrachtet. Ersterer fürchtete sehr um Fanny und war in der Tat halb verrückt vor Bedauern, aber es blieb ihnen nichts anderes übrig, als den Kurs der drei Schiffe auf den Hafen von Lynn zu richten. Lovell und Herbert taten dies, trotz der erfolgreichen Rückeroberung, schweren Herzens. Lovell selbst hätte gern auf alles verzichtet, um Fanny wieder sicher in seine Arme schließen zu können.

So wurde der Faden unserer ereignisreichen Geschichte auf dem weiten Meer weitergesponnen, während an Land und in dem kleinen Dörfchen High Rock, nahe Lynn, die Freunde und Verwandten von Fanny Campbell, mit Ausnahme ihrer Eltern, nie aufgehört hatten, über den wahren Grund ihrer

Abwesenheit zu spekulieren und sich zu wundern. Ihre Eltern hatten die Angelegenheit streng geheim gehalten, was die guten alten Frauen und die Klatschbasen des Dorfes in Atem hielt.

Mr. und Mrs. Campbell selbst zögerten nicht, ein Gefühl der Angst und des Schreckens auszudrücken, dass ihr etwas Schlimmes zugestoßen sein könnte, gaben aber vor, dass sie wirklich nicht wussten, wohin sie gegangen war. Dies war der ausdrückliche Wunsch von Fanny, und das Versprechen, das sie von ihren Eltern erhalten hatte, dass sie ihr Geheimnis nicht preisgeben würden, wurde gewissenhaft eingehalten, nachdem sie ihr Haus verlassen hatte. Der eine oder andere, der die Tatsache von William Lovells Inhaftierung kannte, hatte scharfsinnig vermutet, dass ihre Abwesenheit in irgendwie mit dieser Sache zusammenhing, aber in welcher Weise, wusste niemand.

»Ich habe jeden Tag die Befürchtung, dass die arme Fanny ihr Zuhause nie wiedersehen wird«, sagte ihre Mutter eines Abends zu ihrem Mann, als beide still mit der aufgeschlagenen Bibel vor sich dasaßen, aus der sie wie immer laut gelesen hatten, bevor sie sich zur Nachtruhe begaben.

»Lass uns auf den Himmel vertrauen, Frau, es ist eine heilige Sache, für die sie sich einsetzt, aber auch ich habe Angst um ihre Sicherheit.«

»Armes Kind, sie hat uns nicht einmal gesagt, wie sie die Reise antreten wird«, sagte die Mutter, »natürlich ganz ohne Schutz.«

»Hör zu, Frau, ich würde Fanny mehr vertrauen als einem älteren und erfahreneren Kopf. Sie ist ein seltsames Mädchen und hat, neben ihrem Bücherwissen, auch eine gute Vorstellung von gewöhnlichen Dingen. Ich habe großes Vertrauen in ihr Urteilsvermögen, sonst hätte ich nie zugestimmt, dass sie uns verlässt, selbst als sie so drängend und entschlossen in dieser Sache war.«

»Der Himmel möge sie beschützen«, rief die Mutter mit erhobenen Augen aus.

»Amen«, fügte der Vater inbrünstig hinzu.

»Es wäre eine sehr romantische Geschichte, wenn sie Erfolg hätte«, sagte die Mutter und ihre Miene erhellte sich voll frischer Hoffnung, ohne dass sie auch nur den geringsten Grund dazu gehabt hätte, außer ihren eigenen Wünschen.

»Ja, und sie hätte eine so gute Handlung, wie sie die Bay Province zuvor noch niemals zuvor für einen Roman hätte liefen können, sogar in den alten indianischen Zeiten«, sagte der Vater.

»Es ist zwei Monate her, dass sie uns verlassen hat«, sagte die Mutter. »Vor dem Ablauf einer weiteren Woche können wir vielleicht hoffen, wenigstens von ihr zu hören. Sie hat die Zeit für ihre Rückkehr auf drei Monate festgelegt, wenn ich mich recht erinnere.«

»Das wird zu knapp sein«, fuhr der Vater fort, »selbst wenn sie ein Schiff hätte, das ihr allein zur Verfügung stünde. Bedenke, sie muss auf jeden Fall einige Zeit auf der Insel verbringen, und dann muss sie, ob sie

Erfolg hat oder nicht, auf ein Schiff warten, das von diesem Hafen nach Boston fährt. Es spricht vieles gegen sie«, seufzte der alte Mann ernst, während er die Kohlen auf dem Herd zusammenharkte.

»Es war ein waghalsiges Unterfangen«, sagte Fannys Mutter. Ihre Niedergeschlagenheit war jetzt genauso stark, wie es noch kurz zuvor ihre Freude gewesen war, und das aus dem gleichen Grund und wegen nichts anderem.

»Warten wir es ab, Frau«, sagte ihr Mann.

»Du sagst das nur, um mich zu trösten, weil ich so viel Angst habe – das ist alles, Henry.«

»Ich weiß nicht«, sagte der Ehemann ernst und teilweise zu sich selbst, »aber ich habe immer noch großes Vertrauen in Fanny und fühle, dass sie zurückkommt.«

»Der Himmel gebe, dass das ihr wahres Schicksal ist.«

»Amen«, sagte der Vater wieder.

Und nach dem üblichen Gebet zum Thron der Gnade, in dem Fannys Name oft und inbrünstig erwähnt wurde, zog sich das gute alte Ehepaar in sein bescheidenes Bett zurück, um sich nach der Arbeit des Tages auszuruhen. Bald waren sie in den ruhigen und erfrischenden Schlaf gehüllt, den Fleiß und Genügsamkeit dem Demütigen gewähren.

Kapitel VIII.

HIGH ROCK, MOLL PITCHER DIE WAHRSAGERIN, ANKUNFT DER BEUTESCHIFFE, FANNY UND DER KAPITÄN DER DOLPHIN, EINE ERKLÄRUNG, EINE BELEIDIGUNG, DIE VERTEIDIGUNG, DAS GLÜCKLICHE ENTKOMMEN, ANKUNFT ZU HAUSE, DAS TREFFEN VON FREUNDEN.

Keinem Amerikaner können oder – besser gesagt – sollten – die wichtigsten Ereignisse unbekannt sein, die das Parlament Großbritanniens im Jahre 1774 dazu veranlassten, dem Hafen von Boston jene Beschränkungen aufzuerlegen, die dessen Handel so sehr zerstörten und bei den Bewohnern der Kolonien ein wahres Gefühl ihrer Unterdrückung erweckten.

Es ist bekannt, dass sich die Städte Lynn, Salem und Portsmouth mit edler Entschlossenheit weigerten, von der Situation ihrer Nachbarn zu profitieren, als der Hafen von Boston vollkommen blockiert war.

Aus diesem Grund war es bereits zu dem eben genannten Zeitpunkt und bis zum Frühjahr 1776, als die britische Armee Boston räumte, ein seltener Anblick, wenn man die weißen Segel eines anderen Schiffs in der Massachusetts Bay sah, an dessen Mast nicht mit der Fahne des Königs wehte. Alle Handelszweige waren praktisch zum Erliegen gekommen, und die Aussichten für die Bay Province, wie die Provinz Massachusetts genannt wurde, waren äußerst düster und bedrohlich.

Es war ein klarer, kalter Morgen im Vorfrühling, nur wenige Tage nach der Räumung Bostons durch die

Schergen des Königs und des Parlaments. Sie waren von den Kanonen der Kontinentalen Armee, die auf den Dorchester Heights aufgestellt wurden, aus ihren Quartieren vertrieben worden.

Die klare, beißende Kälte unseres nördlichen Winters hielt noch an, als ob sie nur ungern der bald folgenden, angenehmeren Jahreszeit Platz machen wollte. Die Fischer des Dörfchens High Rock warteten ungeduldig auf die Rückkehr der Saison, die sie wieder in den aktiven Dienst rufen würde. Die Wintervorräte wurden immer knapper, und alles erinnerte die Männer daran, dass die Zeit für die Wiederaufnahme ihres waghalsigen und unternehmungslustigen Geschäfts immer näher rückte.

Die Netze wurden geflickt, die Leinen erneuert und das gesamte Fischereigerät instand gesetzt. Die Boote, die unter den zu diesem Zweck am Strand errichteten provisorischen Abdeckungen lagen, wurden neu abgedichtet, ihre Fugen geteert und gegen das Element gesichert, das sie auf seinen Wogen tragen sollte – alles war bereit für die bald beginnende Saison.

Wie bereits erwähnt, war es ein klarer, kalter Morgen, als eine Gruppe dieser Fischer, die ungeduldig auf den nahenden Zeitpunkt warteten, die steile Anhöhe des High Rock erklommen. Kaum hatten sie den Gipfel erreicht, richteten sich ihre Blicke auf das Meer, wo sie offensichtlich ein Objekt erblickten, das sie alle interessierte und überraschte.

»Welches Schiff in den Diensten des Kongresses [Delegierte der 13 Kolonien Amerikas]«, fragte einer der Fischer, »könnte um diese Zeit hier sein? Es gibt nicht so viele davon, als dass sie Vergnügungsfahrten entlang der Küste machen könnten«.

»Das ist wahr«, antwortete der Angesprochene. »Ich kann auch nicht sagen, was das für Schiffe sind. Kannst du die Flaggen erkennen?«

»An der Brigg weht die kontinentale Flagge«, sagte der erste, der gesprochen hatte.

»Und ihre Gefährten zeigen gar keine«, sagte der andere.

»Die Brigg ist bewaffnet, würde ich sagen.«

»Ja, und die Barke und das andere Schiff auch, denke ich«, bemerkte ein anderer und nahm ein kleines Fernglas an sein Auge.

»Vielleicht sind es Briten, die irgendwelchen Blödsinn vorhaben«, sagte einer der Männer. »Aber Washington hat die Stadt in Besitz genommen, und sie werden sie so schnell nicht wieder bekommen, das ist ganz sicher.«

»Die Brigg hat wohl schon einiges erlebt«, sagte der mit dem Glas an seinem Auge. »Ihre Spieren und die Takelage sind ziemlich zerfetzt. Ich würde eher vermuten, dass die beiden Schiffe, die sie bei sich hat, erbeutet worden sind; sie sieht ein bisschen wie ein Kriegsschiff aus – was meint ihr, Nachbarn?«

»Ja, ja, ein bisschen seltsam, mit diesem Schaden an den Masten«, sagte einer.

»Ich schätze, du hast recht; ja, ich schätze, du hast recht«, sagte ein anderer.

Doch die drei Schiffe – eine Brigg, eine Barke und ein weiteres Schiff – hielten auf den Hafen von Boston zu. Die scharfe, kalte Luft schien dem Meer einen tieferen Blauton zu verleihen, auf das in diesem Moment die Sonne hell und warm schien, als wäre sie aus ihrem langen Winterschlaf erwacht. Zu der kleinen Gruppe, die die seltsamen Schiffe zuerst erblickt hatte, gesellte sich nun das halbe Dorf, das von dem Anblick, der sich ihnen bot, vor Neugierde angezogen wurde.

Unter den anderen stand eine eigenartig aussehende Frau. Sie war von normaler Größe, wohlgeformt und recht ansehnlich in ihren Zügen und etwa sechsundzwanzig Jahre alt. Ihre Kleidung spiegelte die Einzigartigkeit ihrer Fantasie wider, und, bis man die Reinheit ihres hübschen Gesichts sah, hätte man sie für ein indianisches Mädchen halten können, das nur teilweise zivilisiert war. Ihr Kostüm war eine eigenartige Kombination aus der indianischen Kleidung Amerikas und der Zigeunertracht Europas. In ihren weichen, haselnussbraunen Augen lag ein Vakuum, eine Gedankenlosigkeit, eine Gleichgültigkeit in ihrem Benehmen, die auf einen gewissen Grad an geistiger Abwesenheit hindeuteten. Ihre Stirn war bereits an manchen Stellen von Sorgenfalten durchzogen, und insgesamt war sie eine höchst eigenartige Erscheinung.

Ihre Geschichte ist schnell erzählt. Sie stammte aus bescheidenen, aber ehrenhaften Verhältnissen und war im zarten Alter von fünfzehn Jahren von unvergleichlicher Schönheit, sowohl was die Form als auch das Gesicht betraf, als ein englischer Offizier von hohem Rang, der aber im Herzen ein Wüstling war, sie sah und sich in ihre Schönheit verliebt hatte.

Er goss das Gift der schleimigen Beredsamkeit in ihr junges und ahnungsloses Ohr; er gewann ihr Vertrauen und ihr Herz, bevor er sie zerstörte und dann verlassen hatte.

Von jener Stunde an wurde sie ein anderes Wesen, sie ging von zu Hause fort und wandte sich schließlich in ihrem halb verwirrten Zustand der Wahrsagerei zu, wo sie sich durch ihren Scharfsinn und ihre Eigenheiten ein üppiges und ausreichendes Auskommen verschaffte.

Dies war die weithin berühmte Moll Pitcher, die Wahrsagerin von Lynn!

Ihr kleines Häuschen lag ganz in der Nähe, und getrieben von demselben Geist, der so viele andere hierhergezogen hatte, suchte sie den Gipfel des hohen Felsens auf und mischte sich unter die anderen.

Manch eine Bostoner Schönheit der neueren Zeit hat ihren seltsamen und bisweilen wahrheitsgetreuen Geschichten über die Zeiten, von denen wir heute schreiben, gelauscht oder mit Zittern ihre Vorhersagen über Wohl und Weh vernommen. Vor allem die Seeleute, die viele Meilen entlang der Küste unterwegs waren, zollten der Hexe von Lynn bereitwillig Tribut und glaubten in ihrer Einfalt, dass sie sich mit ihrem guten Willen Sicherheit und Schutz vor den Gefahren des Meeres erkaufen würden.

Während der Belagerung von Boston leistete Moll Pitcher bei mehreren Gelegenheiten wesentliche Dienste, indem sie Informationen über die Operationen des Feindes, seine Absichten und Pläne beschaffte und diese dann an Washington weitergab. Sicher wurde sie für die auf eigene Gefahr erlangten Informationen gut mit Gold bezahlt. General Washington hörte man oft sagen, dass Moll nicht für *britisches* Gold arbeiten würde, aber die Bezahlung der Kolonisten für geheime Informationen an die Armee lehne sie nicht ab. Die Folgegeschichte und das Leben dieser einzigartigen Frau sind uns zu gut bekannt, als dass wir sie weiter kommentieren müssten.

Molly (Moll) Pitcher in späteren Jahren.

Molly soll in der Schlacht von Monmouth (1778) gekämpft haben und gilt als Heldin im Unabhängigkeitskrieg. Sie spielt in der amerikanischen Erinnerungskultur eine große Rolle, obwohl sie wahrscheinlich nicht historisch ist.

»Moll«, sagte einer aus der Gruppe zu ihr, »wer sind diese Fremden dort drüben in den Schiffen?«

»Die Zeit wird es zeigen!«, war die Antwort.

»Ja, wer zweifelt daran?«

»Niemand, von dem ich weiß«, antwortete die angebliche Hexe mit schwacher Stimme.

»Aber kannst du uns nicht sagen, Moll, durch deine Kunst, wer sie wirklich sind, ob Freunde oder Feinde, Schurken oder ehrliche Männer?«

»Gib mir Gold und ich werde es versuchen!«, war die Antwort.

»Nein, nein, Moll, wir haben dir nur eine freundliche Frage gestellt, als Freund, und nicht im Rahmen deines Geschäfts.«

»Und als Freund habe ich geantwortet.«

»Komm, komm, Moll, du bist heute recht mürrisch. Sag uns jetzt deine Meinung, und ich verspreche dir die erste Portion frischen Fisch. Es gibt Lohn für dich; willst du jetzt sprechen, Frau?«

»Diese Brigg lag vor ein paar Monaten im Hafen von Boston«, sagte ein alter Fischer zu den anderen, »ich kenne sie an der Takelage.«

»Wie das, Nachbar? Eine Brigg ist eine Brigg, und um auf diese Entfernung eine von der anderen zu unterscheiden, braucht man bessere Augen als deine oder meine.«

»Ja, aber siehst du nicht den kurzen Großmast im Vergleich zum Vorschiff? Genau so sah es aus, als ich es im Hafen von Boston sah, als wir dort vorbeikamen, Nachbar Campbell.«

»Das ist zweifellos wahr«, fuhr der Fragesteller fort, »aber was macht sie hier, wenn das so ist? Damals muss sie eine britische Brigg gewesen sein, und jetzt hisst sie die Flagge der Kolonien.«

»Das ist sicher seltsam«, sagte der andere.

Die drei Schiffe, welche die Neugier der Leute auf dem Felsen so erregt hatten, kamen mit günstigem Wind und aufgeblasenen Segel auf den Graves zu, wie der untere Leuchtturm von Boston damals genannt wurde, und den Eingang zum Außenhafen darstellt.

Plötzlich wendeten alle drei, wie vom Instinkt getrieben oder von einer Hand geführt, kühn nach Norden und steuerten auf die Halbinsel Nahaut zu. Dies löste bei denjenigen, die sie vom Felsen aus beobachteten, noch mehr Verwunderung aus.

Es dauerte aber nur eine knappe halbe Stunde, bis die drei Schiffe die felsige Küste der zerklüfteten Halbinsel umrundeten und kurz darauf im kleinen Hafen von Lynn, nur eine Zehntelmeile vom Ufer entfernt, vor Anker gingen. Die Segel wurden eingerollt, die übliche Routinearbeit verrichtet und alle Taue an ihren richtigen Platz gelegt. Die Vordersteven schwenkten mit der einlaufenden Flut anmutig zum Ufer, und dort lagen die Constance und ihre beiden erbeuteten Schiffe bald sicher im Hafen. Der Zweck der Reise war zumindest mit der Freilassung der Gefangenen erfüllt, aber es gab jemanden, dessen Freiheit als Preis dafür geopfert worden war.

Die Ufer waren bald von neugierigen Einwohnern bevölkert, die sich, da sie keine Anzeichen von Feindseligkeit sahen, kühn ans Ufer wagten.

Sie wollten herauszufinden, was die Fremden wohl in ihr ruhiges kleines Hafenbecken zum Ankern gebracht haben könnte.

Das Erstaunen der guten Leute war groß, als sie sahen, wie William Lovell, der seit Langem abwesende Gefangene, den sie alle für immer verloren geglaubt hatten, vom ersten Boot aus an Land ging. Er war bei ihnen immer sehr beliebt gewesen, und als er nun da wieder war, konnte man überall die Jubelrufe hören. Warm und aufrichtig waren die Glückwünsche dieser wettergegerbten Seeleute und Fischer. Jeder Mann, der damals die Hand William Lovells ergriff, wäre weit für ihn gegangen und willig gewesen, ihm einen Dienst zu erweisen.

Gehen wir jetzt an Bord der Dolphin und sehen wir, wie es unserer Heldin ergeht.

Burnet kehrte bald in seine Kabine zurück und unterhielt sich mit Fanny über ihre seltsamen und fast unerklärlichen Abenteuer. Fanny errötete über alle Maßen, als Kapitän Burnet sie in ihrer männlichen Kleidung sah, denn er sagte, wie Lovell es getan hatte, dass sie nie interessanter ausgesehen habe.

Keiner von beiden konnte die Tatsache begreifen, dass sie früher einmal Freunde gewesen waren und jetzt in einer solchen Beziehung zueinander standen. Es schien wie ein Traum, zu wild und visionär, um wahr zu sein.

»Und waren all deine Fragen und Nachforschungen an dem Abend, an dem du mir von Lovells Gefangenschaft erzählt hast, ein Vorgriff auf all das? Ich dachte, es sei eigenartig, dass du dich so genau mit den Fragen der Navigation und dem Kurs nach Kuba beschäftigst, neben so vielen anderen Fragen.«

»Ich nahm mir damals vor, das zu tun, was ich inzwischen getan habe, nämlich die Brigg zu übernehmen und William zu befreien.«

»Du bist ein höchst eigenartiges Mädchen, Fanny.«

»Das heben Sie mir schon oft gesagt«, antwortete sie.

»Aber ich habe dir nie gesagt, wie sehr ich dich liebe«, sagte Burnet lebhaft. »Du hast bewiesen, dass du jeder Notlage gewachsen bist. Nun, Fanny, deine Geschichte ist eine Romanze, und kein Märchen könnte sie an Extravaganz übertreffen, und doch ist alles wahr. Du hast Lovell befreit, das sollte dich zufriedenstellen. Nun, Fanny Campbell, willst du meine Frau werden?«

»Ist das Großzügigkeit, Mr. Burnet? Bin ich nicht Ihre Gefangene?«

»Nein, Fanny, ich bin dein Gefangener, denn in deiner Obhut ruht mein künftiges Glück.«

Burnet, der Fanny anfangs nur als Spielzeug, als etwas, das seiner Fantasie gefiel, gesucht hatte, liebte sie jetzt wirklich und hätte sie mit Freude zu seiner rechtmäßigen Frau gemacht.

Seine Stellung und sein Rang, mit dem großen Vermögen, das er besaß, hätten ihn zu einem Bündnis berechtigt, das weit über die Sphäre hinausging, in der Fanny sich bewegte und geboren war; aber die Bewunderung ihres Heldentums und seine frühere Kenntnis ihres Charakters, zusammen mit ihrer Schönheit, hatten ihn überzeugt, und er hätte ihr gern alles zu Füßen gelegt.

»Mr. Burnet«, sagte Fanny, »ich habe Sie respektiert, ja, ich habe eine aufrichtige Achtung für Sie empfunden, aber ich kann Sie niemals so lieben, wie es eine Ehefrau tun sollte. Ich habe Ihnen viel, sehr viel zu verdanken. Sie haben sich mir gegenüber sehr edel verhalten, haben mich in den Genuss Ihrer umfangreichen Informationen kommen lassen, haben jede meiner Launen mit Humor genommen und sind mir mehr als ein Bruder gewesen.«

»Sie sind ein hochgeborener Mann, der vom König zum Kapitän ernannt wurde und reich, geehrt und ehrenhaft; ein solcher Mann verdient es, mit einer Frau vereint zu sein, die ihm völlig ergeben ist und ihm ihre ungeteilte und ganze Liebe schenken kann. Mr. Burnet, ich bin nicht diese Frau!«

»Du bist ein wahrer Engel«, murmelte der Kapitän, während er auf einen Stuhl sank und sein Gesicht in den Händen verbarg und wie ein Kind weinte.

»Erhebt Euch, Burnet«, sagte Fanny, »der Weg des Ruhmes und der Ehre liegt vor Ihnen. Sie haben den Rang, Gelegenheit, alle notwendigen Eigenschaften, die Sie zu Ehre und Ansehen zu führen. Fannys Gebete werden immer für Sie erhoben werden.«

Er nahm ihre willige Hand, drückte sie an seine Lippen und sagte:»Oh, jedes Wort, das du sagst, zeigt mir nur umso deutlicher, was ich verloren habe. Ja, du sprichst wahr«, sagte er und wischte sich eine Träne aus dem Auge, »der Ruhm muss meine zukünftige Geliebte sein; ich kann keine andere lieben.«

In diesem Augenblick ertönte ein Klopfen an der Kajütentür, und der Leutnant der Dolphin informierte ihn, wie es der Kapitän angeordnet hatte, dass sie gerade in den Hafen von Boston einlaufen würden.

Als der Kapitän an Deck erschien, stellte er fest, dass die Flotte des Königs ausgelaufen war und die amerikanische Flagge in der Stadt wehte. Daraus schloss er folgerichtig, dass die englische Armee die Stadt während seiner Fahrt vor der Küste verlassen hatte. Die Dolphin wurde im Außenhafen vor Anker gebracht, und die Besatzung war damit beschäftigt, das Schiff wieder so herzurichten, dass es der Flotte folgen konnte. Sie wollten auch auf die Ankunft des erbeuteten Schiffes warten, das sie hinter sich gelassen hatten, um ihnen zu folgen. Burnet dachte kaum an die Möglichkeit, dass sie entkommen oder zurückerobert worden sei, doch nach einigen Stunden der Umrüstung beschloss Burnet, nicht länger auf das erbeutete Schiff zu warten, sondern hinauszufahren, um es suchen und zu treffen.

Gerade als er sich zu diesem Schritt entschlossen hatte, wurde ihm der Bericht des Chirurgen übergeben. Er war schon auf einen großen Verlust an Besatzungsmitgliedern vorbereitet, aber nicht auf so solch große Opfer, wie es der Fall war. Er untersuchte die Angelegenheit persönlich und fürchtete nicht wenig um seinen eigenen Ruf, weil ihm von einem halben Dutzend Männer unter dem Kommando einer Frau so hart mitgespielt worden war. Doch das war nicht alles. Seine Gefühle wurden durch die Untersuchung des Zustands des Schiffes, für das er verantwortlich war, noch mehr erschüttert.

Als er an den Verwundeten vorbeiging und ihre Seufzer und Stöhngeräusche hörte, waren seine Gefühle aufgewühlt, und sein Geist war aufgeregter, als er es zu irgendeinem Zeitpunkt während oder seit Beginn des Kampfes mit der Constance erlebt hatte.

Burnet war von Natur aus etwas nervös und erregbar, und diese Einflüsse hatten ihn jetzt völlig unter Kontrolle. Er suchte den Horizont in der Richtung ab, aus der das erbeutete Schiff erwartet wurde. Dieses hätte längst auftauchen müssen – aber es war vergeblich. Es war nicht zu sehen, und obwohl er sich etwas unbehaglich fühlte, kam es ihm nie in den Sinn, dass es hätte zurückerobert werden können. Der Hauptgrund für seine Befürchtungen war, dass er sie in der Nacht wohl verpasst hatte, und dass sie, ohne sich ihrer Gefahr bewusst zu sein, im Hafen von Boston vor Anker gegangen ist und dort wieder in die Hände der Kolonisten gefallen war. Damit würde er nicht einmal ein Stück einer Planke vorzeigen können, für die furchtbare Anzahl von Männern, die er in dem letzten Kampf mit dem erbeuteten Schiff verloren hatte.

Er wagte nicht, seinen jetzigen Ankerplatz beizubehalten, denn es war bereits offensichtlich, dass er bemerkt worden war, und es war zu erwarten, dass ein Boot während der Nacht vom Ufer aus angreifen würde, wenn er versuchen sollte, die Ankunft seiner Beute abzuwarten.

Er sah mit seinem Fernglas, dass bereits Vorbereitungen für einen solchen Zweck getroffen wurden. Daher beschloss er, wie schon gesagt, in See zu stechen, um, wenn möglich, die Constance zu treffen oder vielleicht bis zum Morgen in sicherer Entfernung vor dem Hafen zu liegen. Alles schien ihn zu verwirren und zu ärgern, und er war in der Tat kaum noch er selbst.

Die Nacht war dunkel und legte sich kühl über die Dolphin. Die Lampe war von einem Diener in der Kajüte angezündet worden, und Fanny las in einem Buch, das sie auf dem Tisch gefunden hatte, als Burnet eintrat.

Er sah aus wie ein anderes Wesen als der, der sie erst kurz zuvor verlassen hatte. Seine Enttäuschung darüber, dass die Stadt in den Händen der Kolonisten war, dass seine eigene Beute nicht ankam, der Bericht des Arztes über den schwachen und behinderten Zustand der Besatzung, die Enttäuschung seiner Zuneigung – all das hatte dazu geführt, dass er einen verdrießlichen und verhärteten Gemütszustand an den Tag legte, der sich sofort in seiner Miene und seinem Verhalten zeigte.

»Fanny«, sagte er, indem er sich ihr vertraulich näherte, »ich kann mich nicht von dir trennen, ohne ein Zeichen deiner Freundlichkeit zu erhalten.«

»Mr. Burnet«, sagte Fanny und blickte ihn erstaunt an.

»Komm, setz dich hierher«, sagte er und zog sie freundlich zu einer Couch, die an einer Seite der Kabine stand.

Fanny blickte ihn mit größtem Erstaunen an. Sie sah die kühle, absichtliche Bosheit in seinem Gesicht. Sie las die Zeichen und übersetzte den Blick seiner Augen richtig und sah sofort, was ihr Schicksal sein könnte.

»Mr. Burnet, lassen Sie mich frei«, sagte sie und rang darum, sich aus dem Arm zu befreien, der ihre Taille umschloss. »Das hätte ich mir nicht träumen lassen von jemandem, den ich so sehr respektiert, ja, wie einen Bruder betrachtet habe.«

»Komm, Fanny, ich brauche deine Gunst«, sagte Burnet und zog sie immer noch dichter an sich heran.

»Burnet«, sagte Fanny, »ich flehe Sie an, mich freizulassen.«

»Beim Himmel, ich kann nicht«, sagte Burnet leidenschaftlich.

»Vergessen Sie nicht«, sagte Fanny, immer noch mit ihm ringend, »vergessen Sie nicht, dass ich ihre Gefangene bin – vollkommen in ihrer Macht.

»Aber dennoch«, fuhr sie fort, »obwohl ich eine Frau bin, bin ich nicht wehrlos!«

Unter Aufbietung ihrer ganzen Kraft sprang sie von ihm weg und erreichte den hinteren Teil der Kabine.

»Halten Sie Abstand«, sagte Fanny, die fürchtete, sich gegenüber der Besatzung der Dolphin zu verraten, und in alle Richtungen Ausschau hielt, um zu entkommen. Schließlich hellte sich ihr Blick auf, als ihr ein Gedanke in den Sinn kam.

»Ich bitte Sie, Abstand zu halten«, sagte Fanny wieder, als er sich ihr näherte, »denn ich bin fähig und willens, mich zu verteidigen!«

Doch Burnet ergriff sie erneut und versuchte, ihre Hände zu fesseln. Im selben Augenblick hob sich ihr rechter Arm über ihren Kopf und senkte sich schnell auf die Brust von Burnet, der sofort zurücktaumelte und auf die Couch fiel.

Fanny starrte ihn einen Moment lang an und schloss die Tür der Kajüte. Sie ging zu den Fenstern, die auf das Meer hinausgingen, kletterte durch eines von ihnen und ließ sich lautlos in ein Boot fallen, das am Heck befestigt war. Sie schnitt es los und ruderte leise fort. Glücklicherweise wurde sie durch die Flut begünstigte, und sie bewegte sich schnell auf den Hafen zu, den sie bald in Sicherheit erreichte.

Burnets Wunde war schwer und hätte beinahe zum Tod geführt, denn Fannys Dolch war scharf und drang tief ein. Sein Schiff segelte sofort zum Treffpunkt in New York, wo der Rest der Flotte lag. Hier ereilte ihn wegen seiner Wunde ein gefährliches Fieber. Doch oft dankte er insgeheim dem Himmel, dass er selbst und nicht Fanny gelitten hatte, weil er seinen übermütigen Geist bedauerte, der ihn angetrieben und zu seinem Verhalten veranlasst hatte. Es war für ihn eine tiefe und bittere Enttäuschung.

Aber jetzt, da er sich erholt hatte, verdammte er zutiefst sein Verhalten und schrieb an Fanny Campbell, um ihr dies mitzuteilen und sie um Vergebung zu bitten. Er sagte ihr auch, dass er sie immer noch so lieben würde, wie er es seit ihrer ersten Begegnung immer getan hatte.

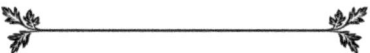

Ich habe gesagt, dass Fanny mit ihrem Boot schnell in den Hafen getragen wurde, als sie die Dolphin verlassen hatte, und dass sie dort sicher ankam. Sie erreichte das Ufer und machte sich auf die Suche nach einem Transportmittel, um nach Hause zu kommen. In dieser Nacht traf sie ihre Freunde, Eltern, ihren Geliebten und alle anderen wieder. Es gab nie ein glücklicheres Treffen, das können Sie mir glauben.

»Habe ich dir nicht gesagt, Frau«, sagte der Vater, »dass ich großes Vertrauen in Fanny habe und dass ich ihr so vertrauen würde, wie ich es beim keinem älteren Kopf tun würde? Und das ist ein so guter Stoff für einen Roman, wie ihn die Bay-Provinz nie geboten bekommen hat, nicht einmal zu Zeiten der Indianer oder des französischen Kriegs.«

»Das ist wahr. Wie gesegnet wir doch sind. Und wenn man sich vorstellt, dass das Mädchen Männerkleider angezogen und alle getäuscht hat, sogar William selbst eine Zeit lang. Das war seltsam, obwohl sie sich so lange nicht gesehen hatten. Wenn wir das in einem Roman gelesen hätten, würden wir sagen, dass der Autor eine sehr unwahrscheinliche Geschichte erzählt hat, aber hier ist alles, so wie es gewesen war.«

»Oh, sie ist ein wundervolles Mädchen, unsere Fanny, und William sagt, dass die ganze Mannschaft sie genauso geliebt hat wie der Ire drüben im anderen Zimmer, und er meint, dass sie eine Heilige ist und überhaupt kein Mann. Der weiß nichts von ihrer Verkleidung und ahnt es auch nicht.«

Terence Mooney lag in einem bequemen Bett in einem Nebenraum, noch nicht genesen von einer schweren Splitterwunde, die er sich bei der letzten Aktion an Bord der Constance zugezogen hatte. Er war aber in guten Händen und erholte sich schnell. Um es mit seinen eigenen Worten zu sagen: 'Es war es wert, sich wenigstens einmal im Jahr einen Splitter in den Oberschenkel stechen zu lassen, um es so bequem zu haben und so freundlich behandelt zu werden.'

Die Gefangenen, die sich an Bord der Schiffe befanden, wurden nach Boston gebracht und dem Oberbefehlshaber als Kriegsgefangene überstellt. Mit ihnen lieferte William Lovell als Bevollmächtigter von Fanny oder, wie er es im Hauptquartier darstellen musste, von Kapitän Channing, als Geschenk auch eine große Menge an Waffen und Munition ab, die dem Feind abgenommen worden waren. Eine ausreichende Bewaffnung und genügend Munition wurde jedoch zurückbehalten, um die Brigg für den Zweck eines Freibeuterschiffes zu rüsten, denn es war seine Absicht, sie sich für diesen Zweck anzueignen, nachdem er vom Kongress Kaperbriefe erhalten hatte.

Fanny und ihre Familie hatten einige Befürchtungen, was die von ihr gemachte Beute betraf, denn streng genommen hatte sie sich der Piraterie schuldig gemacht, und in den Augen des Gesetzes war

Fanny tatsächlich ein weiblicher Piratenkapitän, aber es gab niemanden, der eine solche Anklage hätte erheben können, und wenn doch, würde man einen Kapitän Campbell nirgends finden, denn nur ihre Familie kannte das Geheimnis.

Ich hatte erwähnt, dass die Gefangenen nach Boston gebracht wurden. Dabei hätte ich den Maat des zweiten gekaperten Schiffes ausnehmen sollen – den begnadigten Engländer, der als Mitglied der Familie Campbell aufgenommen wurde, bis sich eine günstige Gelegenheit bot, in seine Heimat zu zurückzukehren.

Terence Mooneys Verwunderung darüber, dass er seinen geliebten Kapitän nach seiner Genesung nicht mehr antreffen konnte, war grenzenlos, aber er erklärte sich die ganze Angelegenheit in seiner üblichen Art, die sich auch als vollkommen zufriedenstellend erwies, zumindest für ihn selbst:

»Ich habe immer gesagt, dass der Kapitän ein heiliger Geist ist«, sagte Terence, »das war er auch, und nach alledem doch kein Mensch. Er hat mit Sicherheit seine Aufgabe erfüllt, für die er gekommen war, und was nützt es ihm dann noch, noch länger zu bleiben? Er hätte mir doch einfach die Hand geben und sich von mir verabschieden und sagen können 'Terence Mooney, mein Junge'. Ja, es ist mir klar, dass er direkt vom Himmel gekommen ist, um mir zu helfen, die alte Frau zu begraben und um die Amerikaner zu befreien.«

»Er war ein Gentleman von einem Geist, Terence, nicht wahr?«, sagte der Engländer, zu dem Terence gesprochen hatte. Zufällig hatte er von dem Geheimnis um Fanny gehört, war aber durch einen Eid zur Verschwiegenheit verpflichtet.

»Hör zu, mein Freund«, sagte Terence, als er ihm auf die Schulter klopfte und sich verstohlen umsah, um zu sehen, ob er von jemandem belauscht wurde. »Ich glaube, der Geist ist in Mr. Lovells Frau gefahren, denn sie ist so schön, dass es meinen Augen guttut, sie anzuschauen. Sie erinnert mich so sehr an die Güte und alles andere von Kapitän Channing, wie er genannt wurde. Der Teufel soll mich holen, wenn ich nicht an einem Tag geweint hätte als sie mir den Haferschleim gebracht hatte, als ich von diesem kleinen Kratzer an der Hüfte krank war und in dieser kleinen Kammer dort lag.«

»Es war eine ziemlich schwere Wunde, Terence, und du hast sie wie ein Mann getragen, und das ist kein Fehler«, sagte sein Freund, der Engländer. »Ich habe schon ältere Männer gesehen, die unter kleineren und weniger schmerzhaften Wunden zusammengezuckt waren.«

»Danke, obwohl es deine Freunde waren, die mir das eingebrockt haben«, sagte der Ire. »Es war ein ziemlich guter Job für uns alle, jeder Mann bekam zweihundert Dollar Preisgeld, von den Geschenken ganz zu schweigen. Morgen fahren wir alle wieder mit der Brigg und einem Dutzend Leuten an Bord hinaus. Mrs. Lovell wird bei ihrem Mann bleiben, und ich gehe als eine Art Quartiermeister mit, weißt du. Solange die süße Lady des Kapitäns an Bord ist, kann der Brigg sicher nichts passieren.«

»Das hoffe ich auch«, sagte der Engländer und wandte sich nachdenklich ab.

»Oh, da braucht man sich keine Sorgen zu machen, das ist sicher«, sagte Terence.

Ich möchte hier erwähnen, dass der Engländer seine Heimat und seine Familie innerhalb von zwölf Monaten wiedergesehen hat.

So war es, und die gute Brigg Constance, jetzt die 'Fanny' (so hatte Lovell sie zu Ehren seiner Frau genannt), wurde umgerüstet, voll bemannt, und Lovell war ihr Kapitän.

Fanny durfte ihn auf ihre eigene Bitte hin begleiten und war nicht nur seine Begleiterin, sondern auch seine Beraterin in vielen hart ausgefochtenen Schlachten.

Die 'Fanny' konnte mehrere wertvolle Schiffe kapern und entkam glücklicherweise selbst ohne ernsthaften Schaden. So ergab sich zum Zeitpunkt der Friedenserklärung aus dem Wert der errungenen Beute und dem klug angelegten Geld ein ansehnliches Vermögen, auf das sich Lovell und seine edle Gattin für eine Weile ausruhen konnten, um die Süßigkeiten des häuslichen Glücks zu genießen.

Kapitel IX.

FRIEDEN, SEGELN ZUM VERGNÜGEN, DAS MÄRCHENHAFTE SCHIFF 'DIE VISION' SEINE AUSSTATTUNG UND EINRICHTUNG, BESUCH VON ORTEN ALTER ERINNERUNGEN, DIE ISLE OF MAN UND DIE IRISCHE SEE, FANNY UND LOVELL LAUSCHEN DEM SEEMANNSGARN IM VORSCHIFF DAS DEN LESER INTERESSIEREN WIRD, ÜBER DIESEN TREFFPUNKT DER BERÜHMTEN FREIBEUTER VON ENGLAND UND DEM KONTINENT, EINE GEPLANTE EXKURSION AUF DEM LAND.

Der Friede kam mit all seinem Lächeln und vertrieb den grimmigen Geist des Krieges, der so lange auf die Kolonien Nordamerikas herabgeblickt hatte. Sie waren nun als freie und als unabhängige Nation anerkannt worden. Die Fesseln waren durchtrennt, das Kind wuchs sofort zum Mann heran, mit all seinen Pflichten und Sorgen; aber es stand unter der göttlichen Vormundschaft des Friedensgeistes und der besonderen Führung der Freiheit selbst. Mit solchen Schutzherrn war es sicher, dass es gedeihen würde, und wie sehr es gediehen ist, möge der gegenwärtige Zustand der Union bezeugen. Lassen wir die zwanzig Millionen freier Menschen sprechen, die das Land jetzt bevölkern. Aus einem zarten Pflänzchen sind wir gleichsam zu einer großen und mächtigen Eiche herangewachsen, deren Zweige sich in nah und fern ausbreiten und unter deren schattenspendendem Schutz Millionen von Menschen Unterschlupf finden können.

Ich kann sagen, dass der Friede mit all seinem Lächeln auch bei Fanny und ihrem Mann wieder eingekehrt war. Sie hatten sich in häuslicher Freude eingerichtet, und waren noch glücklicher in ihrer Liebe zueinander, einer Liebe, die sich in Stürmen und in Stille, in Frieden und in Streit bewährt hatte.

Die Gewohnheit, wie stark nimmt sie von uns Besitz, wie unbemerkt und doch sicher ist der Fortschritt, den sie allmählich macht, und uns an ihre Wege zu bindet. Wie sicher ist ihr endgültiger Erfolg, der uns – zum Guten oder Bösen – ihren Willen aufzwingt. Fanny, welche die Aufregungen des Lebens auf dem Meer gekostet hatte, dessen Wellen für viele Monte ihre Heimat waren, hatte, wie es bei Seeleuten immer der Fall zu sein scheint, eine glühende Liebe zu ihm entwickelt. Dies spiegelte sich auch in der Brust ihres Mannes wider, denn William Lovell war im wahrsten Sinne des Wortes ein Seemann, und er sehnte sich nach der Aufregung, an die er sich gewöhnt hatte.

»William«, sagte Fanny eines schönen Abends, als sie an ihrem eigenen Herd saßen, »ich glaube, wir würden uns genauso gut lieben, wenn wir in dem Element wären, in dem wir beide so erfolgreich waren.«

»Ich sehe keinen Grund, der dagegen spricht, Fanny«, sagte Lovell.

»Dann lass uns noch einmal zur See fahren, mein lieber Ehemann, und sei es nur, um eine Abschiedsfahrt in der Welt des alten, ergrauten Neptun zu machen.'

»Ja, von ganzem Herzen«, sagte William.

»Und wann kann das sein?«

»So früh, wie du willst.«

»Oh, das wird sehr schön werden. Kein Feind, vor dem man sich in Acht nehmen muss, aber ich habe mich so sehr daran gewöhnt, dass ich nicht weiß, ob ich es bedauern würde, wenn es einen gäbe.«

»Wie sollen wir fahren, Fanny?«

»Es muss ein eigenes Schiff sein, denn ich möchte dorthin fahren, wohin wir wollen.«

»Stimmt, wir müssen uns eine Jacht besorgen.«

»Lass uns eine kleine nehmen, die von wenigen Männern bedient werden kann, William; wir werden unsere eigenen Herren sein.«

»So soll es geschehen.«

»Du weißt, welche Art von Boot ich liebe«, sagte Fanny. Ich möchte es so ordentlich haben, wie eine Dame am Sonntag und so fein ausgestattet, wie jedes Vergnügungsboot. Ich vertraue auf unser Urteil, was die Sicherheit betrifft.«

»Ich werde dir eines besorgen, das wegen seiner Schönheit überall sehr beliebt sein wird.«

So wurde also beschlossen, dass sie wieder eine Kreuzfahrt auf dem Meer machen würden. Etwa sechs Jahre waren vergangen, seit sie ihr maritimes Leben hinter sich gelassen hatten. Lange und oft hatten sie mit dem Wunsch, wieder dorthin zurückzukehren, an ihr Leben auf dem Meer gedacht, aber nie hatten sie über diese Angelegenheit gesprochen. William Lovell machte sich sofort daran, die geeigneten Vorkehrungen zu treffen, um eine schöne Vergnügungsjacht für diesen Zweck zu beschaffen. Und da es ihm in keiner Weise an den Mitteln fehlte, war dies leicht zu bewerkstelligen.

Es wurde ein kleiner, märchenhafter Kutter ausgewählt, der wie eine Möwe auf dem Wasser saß und sich fast so schnell durch sein natürliches Element bewegte, wie ein Vogel in seinem eigenen. Es gibt nur wenige Objekte von größerer Schönheit als ein hübsches Schiff. Ein Schiff von etwa zweihundert Tonnen Gewicht kann so gebaut werden, dass es die ganze Anmut und Schönheit der Gestaltung und jeden notwendigen Komfort in sich vereint, ohne zu sperrig oder zu schwer für leichte und sanfte Zephire zu sein, um damit übers Meer gleiten zu können, oder zu groß ist, dass es unhandlich und schwerfällig wirkt.

Das war genau die Tonnage von Fannys Yacht, und sie nannte sie 'Die 'Vision', so märchenhaft und hübsch war sie in jeder Hinsicht. Die Takelage war recht malerisch und verband in mancher Hinsicht das seltsame, aber anmutige, typische Rigg des Mittelmeers mit dem natürlicheren und zuverlässigeren Aufbau, den man in unseren Gewässern findet.

Es zeigte sofort, was ihr Charakter war – ein Vergnügungsschiff, und sie war in jeder Hinsicht ein Vergnügen. Es handelte sich um einen Toppsegelschoner mit bestimmten Zusätzen der von mir bereits erwähnten, besonderen Merkmale.

Die 'Vision' war mit jedem Luxus ausgestattet, den der Reichtum von Lovell bieten konnte, und jeder Raum war für diejenige hergerichtet worden, welche die zukünftige Herrin sein würde. Sofas und Kissen, mit reichen und anmutigen Behängen, waren so üppig und geschmackvoll arrangiert wie in ihren heimischen Salons. Die Speisekammer war gut sortiert, und es wurden solche Leute, darunter der guten Terence Mooney, an Bord geholt, die Fanny wegen ihrer ordentlichen Gewohnheiten und ihrer Erfahrung persönlich ausgewählt hatte. So ausgerüstet, verließ die Vision eines schönen Tages den Hafen von Lynn in Richtung unbekannter Gebiete.

Der Ozean ist aufregender Ort – dort gibt es keine Monotonie, aber Abwechslung genug. Von dem Moment an, an dem du dich in seinen Schoß begibst, wirst du zum Abenteurer, und dein Erlebnis kann beginnen. Du hast mit dem Sturm zu kämpfen, und du bist glücklich, wenn du ihn meisterst, anstatt sein Opfer zu werden. Du musst die Gezeiten und Strömungen beobachten, deine Segel auf den Wind abstimmen und nicht selten dreiste Vagabunden abwehren. All dies sind die Wechselfälle des Ozeans, und wie sehr wird der Seemann dem unbeständigen Element verfallen, so wie Fanny und ihr Mann.

Die milden, tropischen Meere der Westindischen Inseln wurden befahren, die Burg Moro noch einmal betrachtet, der alte Ankerplatz außerhalb des Hafens noch einmal in Augenschein genommen, und das Gefängnis, in dessen Mauern Lovell eingesperrt war, wurde besucht, was jeweils neues Interesse weckte und den Wunsch nach Erkundung verstärkte.

Nachdem sie ihr Schiff wieder bereit gemacht hatten, steuerte die Vision kühn über den großen Ozean in Richtung Nordosten, ohne die Segel zu lichten, bis sie in Gibraltar vor Anker ging. Von dort aus fuhr sie in das große Binnenmeer – das Mittelmeer. Sie besuchten seine Häfen und antiken Sehenswürdigkeiten, durchstreiften gemeinsam das klassische Land mit seiner großzügigen Natur – das sanfte, sonnige Italien – und verbrachten so gemeinsam viele Monate angenehmer Unterhaltung.

Das Erscheinungsbild der amerikanischen Vergnügungsjacht in jenen fernen Meeren rief einige Bewunderung hervor. Verglichen mit den großen, schwerfälligen Schiffen, welche die Gewässer um sie herum befuhren, sah sie aus wie eine kleine Schale der Herzmuschel oder wie ein Vogel. Sie breitete ihre großen Segel aus, die über ihren niedrigen und zierlichen Rumpf hinausragten und ihn größtenteils verbargen, wenn sie in Fahrt war.

Wie ein Diamant in einer Brosche liegt die Isle of Man inmitten der Irischen See auf halbem Weg zwischen den kühnen Küsten Englands, Schottlands und Irlands. Sie ist ein Juwel von einer Insel, und sogar in den Tagen, von denen ich schreibe, rühmte sie sich mit einigen so schönen Schlössern und alten Gütern, wie in dem ältesten Teil Englands selbst. Zu dieser Zeit war die Insel von keiner der umliegenden Mächte abhängig, sondern schien neutraler Boden zu sein, auf dem sich alle in Ruhe treffen konnten. Sie kam erst relativ spät vollständig unter Macht und Besitz der Krone von England, zu der es heute gehört. In jenen Tagen war es ein romantischer Ort, an dem sich die kühnsten Schmuggler und Freibeuter der damaligen Zeit aufhielten. Die Anreize für den Schmuggel von diesem bekannten Ort aus waren groß und boten einigen mutigen und kühnen Geistern Beschäftigung. Durch die großen Gewinne aus ihrem gefährlichen Handel wurden sie mehr als genug für das ständige Risiko entschädigt, das sie auf ihren nächtlichen Fahrten von der Insel zu den Ufern des Solway, wo die Schmuggler im Allgemeinen ihre Waren anlandeten, eingingen.

Auch hier haben der Frieden und die Zeit fast ein Wunder vollbracht. Heute ist der Ort, der einst als Treffpunkt für Freibeuter diente, zu einem Ort von nicht geringer wirtschaftlicher Bedeutung geworden, mit einem Militärdepot der britischen Armee und Marine. Der fruchtbare Boden und die hoch entwickelten Ländereien, die gepflegten Häuser und die bewundernswerten Straßen sind ein Bild moderner Verbesserungen. Vom höchsten Punkt dieser Insel in der Irischen See hat der Besucher bei klarem Wetter einen Blick auf die drei vereinigten Königreiche Großbritanniens.

Die Vision war die Küste hinuntergefahren, und da sie diesen berühmten Ort sehen wollte, steuerte sie die Westseite an und lag nun in einer der ruhigen Buchten vor Anker.

Es war eine klare Mondnacht – Lovell saß an Deck und atmete den Duft seiner Zigarre ein. Neben ihm saß Fanny und betrachtete die schöne Landschaft um sie herum, die vom silbernen Lächeln des Mondes erhellt wurde. Die Vision hob und senkte sich sanft in den Wogen der Irischen See, während sie vor Anker lag.

Plötzlich hörte man die Stimmen der Besatzung, etwa acht feine, fleißige Männer, achtern miteinander sprechen. Lovell hörte, wie sie einem von ihnen vorschlugen, etwas Seemannsgarn zu spinnen, was dieser auch tat.

»Frau«, sagte er zu Fanny, »lass uns nach vorne gehen und dem Garn zuhören, das wird uns die Zeit vertreiben.«

»Herzlich gerne, William«, sagte sie.

Die beiden brachten ihre Deckhocker weiter nach vorne und setzten sich, um dem folgenden Seemannsgarn zu lauschen. Es wurde von einem alten, wettergegerbten Seemann erzählt, der offensichtlich schon viel Salzwasser gesehen hatte und über ein nicht geringes Maß an Verstand verfügte.

»Komm schon, Scraper*«, sagte einer. Die Mannschaft nannte ihn so, weil er viel größer war als seine Kameraden, ein Mann von etwa sechs Fuß.

[* Kurzform von 'Skyscraper' – Wolkenkratzer]

»Aye, aye, Kameraden«, sagte er und nahm zuerst etwas mehr von seinem Kautabak.

'Scraper' begann nach einigem Vorgeplänkel schließlich mit seiner Rede. Ich gebe genaue Sprache nicht wieder, die so mit nautischen Illustrationen und Ausdrücken durchsetzt war, dass der Leser sie nicht verstehen würde, wenn ich das täte.

»Nun, Kameraden, ihr seht, wo wir hier liegen und der Mond uns anschaut, und diese Bucht und das Land um uns herum. Wir hören die Anzahl der Glockenschläge, die wir gerade zählen – all das hat mich an die Tage erinnert, als ich von diesem Ankerplatz aus Nacht für Nacht zum Solway [Meeresarm zwischen England und Schottland] segelte, in einem so robusten Schiff, wie kaum ein anderes je auf dem Meer unterwegs war. Ein Mordsding war sie, diese Dolphin, das kann ich euch sagen, meine Freunde.«

»Seht ihr, es hätte eine Nacht wie diese sein können, und so war es auch, und wir lagen genau hier, wo jetzt die Vision ankert, um diese Stunde, irgendwo um das Jahr 1772. Es war ein Dreimaster, die Dolphin, und sie war eines der süßesten Dinge, die je geschwommen sind, die Vision natürlich immer ausgenommen«, fügte der alte Seemann eilig hinzu und tippte an seine Kappe zu Ehren des kleinen Schiffes, mit dem er jetzt segelte.

»Etwa hundertfünfzig Tonnen schwer war sie und lag tief im Wasser. Sie war schwarz gestrichen, und um die Taille des Mittelschiffs verlief ein einziger weißer Streifen, der auf beiden Seiten von ein paar Luken unterbrochen wurde. Unser Kapitän war ein edler Bursche, und ich weiß noch, wie er aussah, als er in jener Nacht über das Achterdeck lief. Er war eher unter der üblichen Größe, Kameraden, und doch sah er ganz und gar wie der Kapitän aus. Er trug einen breiten Gürtel um die Taille, in dem er immer ein paar Kaperpistolen und ein kurzes Hieb- und Stichschwert trug.«

»'Liftet den Anker', rief der Kapitän durch sein Sprachrohr.«

»Die fünfzig besten Männer, die je einen Marlspieker [spitzes Werkzeug zum Bearbeiten der Takelage] in der Hand hatten, sprangen auf, um den Befehl auszuführen, während die Pfeife des Bootsmannes in der stillen Nachtluft ertönte und der Kapitän auf dem Achterdeck umherging.«

»'Wir sind angetreten, Sir', sagte der erste Maat zum Kapitän.«

»'Hieven Sie herum, Sir. Hievt und zieht' sagte der Kapitän, denn alles an Bord geschah auf die übliche Art und Weise eines Kriegsschiffs.«

»Der Anker wurde geliftet und verstaut, die breiten Flügel, die ein Lugger immer hat, wurden einer nach dem anderen ausgebreitet, und das süße kleine Schiff, das anmutig wie eine Kokette vor ihrem Geliebten scharwenzelte, nahm unter einer Wolke von Segeltuch seinen Kurs auf den Solway.«

»Ich war Deckskanonier, und mein Platz war ziemlich nahe am Achterdeck. Ich hörte, wie der Kapitän, kurz nachdem wir die Mündung dieser Bucht hier umrundet hatten, zu seinem zweiten Offizier sagte:«

»'Mr. Merrick', das war der Name des Maats.«

»'Mr. Merrick', sagte der Kapitän, 'ich glaube, dass wir auf dieser Nachtfahrt Schwierigkeiten bekommen werden. Wie ich von meinen Agenten erfahren habe, sind geheime Informationen über unser schnellfüßiges Schiff verbreitet worden, und ich befürchte, dass es an Bord der Dolphin einen Verrat gegeben hat.'«

»'Das glaube ich kaum, Kapitän', sagte der Maat, 'obwohl die Männer an Land genug Freiheit gehabt haben und die meisten von uns bis nach Carlisle und Keswick gekommen sind.'«

»'Sie kennen die Regeln des Schiffes, Mr. Merrick', sagte der Kapitän, 'und wie Verrat belohnt wird. Lassen Sie die Mannschaft beim Schlafen ein Auge offenhalten, Sir, vielleicht gibt es noch etwas für sie zu tun.'«

»Die Wache wurde an Deck aufgestellt, und ich gehörte dazu; die übrigen legten sich schlafen, aber alle waren sofort einsatzbereit. Unsere Ladung war Schmuggelware, und zwar eine wertvolle, und das Ziel des Kapitäns war es, sie in der Nacht sicher anzulanden und vor dem Morgen vom Festland wieder zur Insel zurückzukehren.«

»Nun, Kameraden, seht ihr, der Lugger hielt seinen Kurs bei, bis er die Nordspitze der Insel umrundete. Der Kapitän, der das Deck noch nicht verlassen hatte, entdeckte vor dem Steuerbordbug ein Schiff, dessen undeutliche Umrisse man in der Ferne kaum ausmachen konnte, da sie durch den nächtlichen Nebel halb verdeckt waren. Wir erkannten sie bald als eine kleine Kriegsschaluppe unter leichtem Segel.

Wir änderten den Kurs der Dolphin um ein oder zwei Strich nach Norden, um das Schiff möglichst in einem solchen Abstand zu halten, dass es uns nicht entdecken konnte. Das war leicht genug, denn der Lugger war im Vergleich zur Schaluppe ein sehr kleines Ding, und außerdem wurde dort an Deck wohl nicht viel Wache gehalten, wie ich mir denke. Unser Kapitän sagte, dass sie uns früher erwartet hätten, und so kamen wir sicher davon, indem wir zunächst versteckt blieben und uns ruhig verhielten.«

»'Mr. Merrick', sagte der Kapitän, nachdem wir uns einigermaßen entfernt hatten und es nicht mehr nötig war, zu schweigen, 'Mr. Merrick, bringen Sie alle Leute in ihr Quartier. Ich habe ein paar Worte an sie zu richten.'«

Es war nicht notwendig gewesen, die Besatzung heraufzupfeifen, denn sie waren zu diesem Zeitpunkt fast alle an Deck, denn, sobald sie merkten, dass ein fremdes Segel in Sicht war, stürzten sie hinauf, um einen Blick auf das Schiff zu werfen, weil sie dachten, dass wir uns vielleicht mit ihnen anlegen könnten.«

»Nun, wir wurden ins Quartier gerufen, und alles war totenstill – jeder in der Mannschaft wartete gespannt, und endlich ergriff der Kapitän das Wort.«

»'Meine Burschen', sagte er, so wie er immer zu uns sprach, 'meine Burschen, die meisten von euch haben das seltsame Schiff gesehen, an dem wir in dieser Stunde vorbeigefahren sind. Wisst ihr, dass nichts anderes als ein Verrat es dorthin gebracht haben kann – in die direkte Fahrrinne des nächtlichen Kurses der Dolphin? Wer von euch kann etwas dazu sagen?«

»'Es sieht ziemlich verdächtig aus, Euer Ehren', sagte ich, 'aber ich glaube nicht, dass wir irgendjemanden an Bord dieses Schiffes haben, der die flotte Dolphin und Euer Ehren nicht so sehr liebt, um ihnen einen gemeinen Streich zu spielen.'«

»'Es hat einen Verrat gegeben', sagte der Kapitän. Gibt es einen aus meiner Mannschaft, der die Strafe dafür nennen kann?'«

»Die Mannschaft sagte: 'Tod an der Rah', und schrak vor dem Blick des Kapitäns zurück, denn er konnte durch einen Mann hindurchschauen.«

»'Es ist meine Pflicht', sagte der Kapitän, 'mit eifersüchtigem Auge über eure und meine Interessen zu wachen. Ich täusche euch nie, meine Männer; der Verräter wird seine Strafe erhalten, auch wenn ich ihn bis zum Fuß des heiligen Thrones verfolge. Genug – nun geht zurück an eure Arbeit.'

»Wir erreichten dennoch sicher die Ufer des Solway. Es genügten ein paar Stunden, um unsere Ladung mit den bereitwilligen Händen, die wir hatten, an Land zu bringen, und die gesamte Fracht war bald auf dem Weg ins Landesinnere, weit außerhalb der Reichweite dieser Landhaie, die Steuerbeamten.«

»Aber die größte Gefahr stand uns noch bevor, Kameraden, denn seht ihr, obwohl die Ladung angelandet war, musste der Lugger irgendwie zurück in den Schutz der kleinen Bucht gelangen, in der wir jetzt liegen. Der Mond schien doppelt so stark wie sonst, als ob er uns nur stören wollte, denn seht ihr, wenn es nicht so hell gewesen wäre, hätte uns der nächtliche Nebel, der hier immer über dem Meer und den Ufern hängt, vor dem Feind versteckt. Kaum aber war der Lugger wieder auf dem Weg, da wurde das Kriegsschiff wieder entdeckt. Das war ungefähr auf halbem Weg zwischen der englischen und der irischen Küste. Es fuhr genau in den Kurs hinein, den die Dolphin steuern musste. Der Kapitän unseres Luggers war ruhig und gefasst wie ein Pfarrer, und die Männer, die das sahen, waren auch alle recht mutig und kümmerten sich nicht im Geringsten um das Schiff des Königs. Wir näherten uns nun schnell, als plötzlich ein Ruf über das Meer kam – «

»'Welches Schiff ist das?'«

»Unser Kapitän wusste, dass jede Zeit, die er gewinnen konnte, für uns Gold wert war, denn er musste der Breitseite des Kreuzers ausweichen, und alles, was er dadurch gewann, bevor sie zu schießen begann, war höchstwahrscheinlich die Rettung vieler Leben an Bord des Luggers.«

»Um also Zeit zu gewinnen, murmelte er eine unverständliche, aber allem Anschein nach gut gemeinte Antwort auf den Ruf zurück. Nun, seht ihr, das machte er, wie ich schon sagte, nur um Zeit gewinnen. Also hörte man wieder einen Ruf von der die Schaluppe.«

»'Was für eine Antwort geben Sie?'«

»Wir fuhren mit zehn Knoten durchs Wasser und hatten das Kriegsschiff schon fast eingeholt, das, nachdem es etwas beigedreht hatte, jetzt auf demselben Kurs wie wir stand.«

»'Welches Schiff ist das?', fragte der Kommandant der Schaluppe, 'antworten Sie, oder ich schieße auf Sie.'«

»Auf diesen Ruf wurde nicht geantwortet, und eine Kanone des Kriegsschiffs, die einen Schuss durch das Großsegel unseres Luggers hindurch abgab, zeigte, dass sie es ernst meinten. Als Antwort darauf richtete unser Kapitän unser schweres Geschütz mittschiffs mit seinen eigenen Händen aus, und die Kugel schoss den vorderen Toppmast der York weg, wie das Kriegsschiff genannt wurde.«

»Eine heftige Breitseite des Kriegsschiffs war die Antwort auf den Schuss, und sie richtete schlimme Verwüstungen an den leichten und schönen Spieren und der Takelage der Dolphin an. Unsere Bewaffnung bestand nur aus vier kleinen Geschützen und einem schweren Geschütz mittschiffs, das sich auf einer Achse drehte und ein schwereres Kaliber war, als jedes Geschütz an Bord der York.«

»Unser Kapitän bediente dieses Geschütz und richtete es selbst aus. Bald danach brachte er mit seinem Schuss den Fockmast der York zum Einsturz, was die feindliche Besatzung verwirrte und sie an ihren Geschützen behinderte.«

»Die York hatte sechzehn Kanonen und etwa hundert Mann Besatzung. Sie war aber jetzt für einige Zeit nicht in der Lage, unser Feuer zu erwidern, weil der Fockmast nach innen umgefallen war und die größten Behinderungen bei ihren Geschützstellungen auf der Backbordseite verursachte, die uns gegenüber lagen. Und die Art und Weise, wie wir sie in der

Zwischenzeit beschossen hatten, war keineswegs harmlos.«

»Beide Schiffe waren in ihrer Takelage beschädigt, sodass wir nur noch wenig vorankamen. Wir bewegten uns nun auf den Wellen des Meeres auf und ab, dicht aneinander vorbei. Mehrere unserer schweren Schüsse hatten die York an der Wasserlinie getroffen, und ein großer Teil der Besatzung war damit beschäftigt, sie auszupumpen, denn sie lief sehr schnell voll.

Um diese Zeit entdeckte unser Kapitän einen Mann an Bord des Feindes, der ehemals bei uns am Mast gearbeitet hatte, und in einer Minute war das Geheimnis gelüftet. Wir erkannten jetzt schnell die Wahrheit; der Verrat war aufgeklärt, und da stand der Verräter. Die Enterhaken wurden geworfen und unsere Kapermannschaft schoss davon. Nur ein paar Worte des Kapitäns hatten uns alles erklärt. Er führte uns an, und wir stürmten an der Seite des Kriegsschiffs hinauf.«

»'Fangt den Verräter, und dann jeder von euch zurück auf den Lugger', sagte der Kapitän, während er sich einen Weg dorthin bahnte, wo der Mann stand. Es würde eine Weile dauern, dies alles zu erzählen, Kameraden, aber es ging alles sehr schnell, das kann ich euch sagen – in weniger Zeit, als ich brauche, um diesen Teil des Garns zu spinnen.«

»Schaut, wir waren bald wieder auf unserem eigenen Deck, denn das Kriegsschiff war zu stark für uns, und wenn wir es erobert hätten, wäre es zu nichts nutze gewesen, denn wir hätten es für unser Geschäft nicht gut genug manövrieren können. Die Dolphin war für unsere Zwecke zwei von ihm wert.«

»Sobald wir also auf das Deck des Luggers zurückkamen, während der Feind noch verwirrt über unser Kommen an Bord war, ließ der Kapitän die Toppsegel reffen, während die der York voll gesetzt blieben. Da die Brise gerade auffrischte, trennten sich die beiden Schiffe. Wir fielen hinter den Feind zurück und gaben ihm dabei mit unserer großen Kanone, die mit Kartätschen und kleinen Kugeln gefüllt war, noch einen vernichtenden Schuss mit. Dieser schickte mehr als einen armen Kerl zu seiner letzten Ruhestätte und verstreute die Splitter wie Schneeflocken.«

»Wir steuerten geradewegs auf diese Bucht hier auf der Westseite zu. Durch die Begegnung mit dem Kriegsschiff des Königs waren wir an Rumpf und Takelage schwer beschädigt worden, während das andere Schiff versuchte, das nächste Land auf der englischen Seite zu erreichen, wo es sinkend aufs Ufer lief, so schnell war es durch unseren Schuss vollgelaufen.«

»Nun, es dauerte nicht lange, bis wir wieder an unserem Ankerplatz lagen, und bald rief uns die Pfeife des Bootsmanns höchst unwillkommen zusammen, kurz vor Einbruch der Nacht am nächsten Tag.«

»'Alle Mann zur Bestrafung, ahoi.'«

»Der Mann, der uns verraten hatte, hatte seine Schuld eingestanden, und man fand bei ihm auch die Entlohnung für seinen Verrat. Die Besatzung war auf ihren Posten, alle bis auf sechs durch das Los bestimmte Seeleute, die abseits von ihren Kameraden standen. Diese sollten die Henker ihres Kameraden sein.«

»Es war totenstill im Schiff. Das Stöhnen der Verwundeten unter Deck war verstummt, und das Ticken der Kapitänsuhr war an jeder Stelle des Achterdecks zu hören. Der elende Mann, der jetzt leiden sollte, stand auf einem Geschütz, die Arme hinter sich gefesselt und ein Seil um den Hals. Es war durch einen Block am Ende der vorderen Fockstange geführt worden und reichte bis zum Deck hinunter, wo das andere Ende in die Hände der sechs durch das Los ausgewählten Männer gelegt wurde.«

»Unser Kapitän sah sich die Vorbereitungen an, und nach einigen Augenblicken, in denen wir die ganze Zeit darauf warteten, dass er das Wort ergreifen würde, sagte er:«

»'Meine Männer, neben der Meuterei kenne ich kein dunkleres und verfluchteres Verbrechen als den Verrat. Dieser Mann hat uns verraten – der Himmel möge ihm verzeihen, so wie ich es jetzt tue. Er wurde in einer bösen Stunde von seiner Pflicht abgehalten, während er unter der Wirkung von Alkohol stand. Er ist jetzt reuig, und ihr werdet sehen, wie tapfer er sterben wird. Ihr habt euch alle Besonderheiten des Falles erzählen lassen, der, wie ich glaube, viele mildernde Umstände hat. Jetzt seid ihr seine Geschworenen – soll er sterben? Sollen wir euren alten Kumpel in die Ewigkeit schicken? Sprecht, meine Männer!'«

»'Nein, nein!', sagte die Mannschaft mit einer Stimme; 'wenn der Kapitän ihm vergibt, so ist es genug. Er soll verschont werden.'«

»'Ich soll verflucht sein', habe ich gedacht, 'wenn ich nicht der Meinung bin, dass ein Mann, der einen solchen Kommandanten und ein solches Schiff verrät, genug bestraft ist, das Logbuch seines eigenen Gewissens zu überprüfen, ohne dass wir ihn auf diese Weise dem Meer übergeben.'«

»Dem Mann wurde großzügig vergeben, und ich soll verdammt sein, Kameraden, wenn er das nicht auch selbst gefühlt hat«, sagte 'Scraper' mit einiger Erregung in seiner Stimme.

»Nun, seht ihr, der Kapitän wusste sehr wohl, dass dieser letzte Kampf mit einem Kriegsschiff des Königs unserem Spiel ein Ende setzen musste, also fuhren wir zur französischen Küste hinunter, und die hübsche kleine Dolphin wurde für eine schöne runde Summe an die Messieurs verkauft, die unter uns allen gleichmäßig aufgeteilt wurde.«

»Hört zu, ich weiß ich zufällig etwas darüber, wie es unserem Kapitän später ergangen ist, obwohl ich nie wieder mit ihm gesegelt bin. Er liebte die See, und so ging er nach London und verdingte sich als Kapitän im Westindienhandel, und nach ein paar Jahren ließ er sich in Amerika nieder.«

»Freunde, er war ein gebürtiger Schotte, der England keine große Liebe schuldete, und so bot er bei Ausbruch des langen Krieges, der erst vor Kurzem zu Ende gegangen ist, dem Kontinentalkongress seine

Dienste an, dessen Sache er unterstützte. Bald wurde er zum Kapitän eines edlen Schiffes ernannt, dem ersten der amerikanischen Marine. Mit diesem und anderen Schiffen, die ihm als Kommandant anvertraut wurden, errang er einige höchst glänzende Siege auf See. Und lasst mich euch sagen, Freunde, während seines ganzen Dienstes hatte er einen treuen Gefolgsmann, der ihn nie verlassen wollte und dessen schützender Arm ihm zweimal das Leben rettete, in der denkwürdigen Schlacht zwischen der 'Bonhomme Richard', deren Kommandant unser alter Kapitän war und der 'Serapis'*. Nun, Freunde, dieser Mann war der begnadigte Verbrecher des Luggers Dolphin.«

[* die Bonhomme Richard war eine Fregatte der US Navy, die 1779 in Dienst gestellt und noch im gleichen Jahr versenkt wurde. Sie ging am Folgetag eines Kampfes gegen die britische Serapis unter. Dennoch konnte die Serapis zuvor erobert werden, wodurch ihr Kapitän, einer der ersten Kommandanten der US-Marine und später zum Admiral befördert, zu einer Berühmtheit in Europa und Amerika wurde.

»Der Kongress dankte dem Kapitän für seine Verdienste und verlieh ihm den höchsten Rang in seinem Beruf, der ihm zusteht, und sein Name wird in der Nation, die sich danach in Wohlstand entwickelt hatte, lange in Erinnerung bleiben.«

»Aber Scraper', wer zum Teufel war dieser Kapitän?«, fragte einer.

»Aye, wie heißt er?«, sagten mehrere gleichzeitig.

»Ich werde es euch sagen, Freunde«, sagte der alte Seemann, wobei er ehrfürchtig seinen Kopf entblößte, als er dessen Namen nannte, »es war der berühmte Admiral JOHN PAUL JONES!«

Fanny und ihr Mann hatten diesem Kapitel im Leben des großen Seehelden mit nicht geringer Rührung zugehört. Für sie gab es einen Punkt, der ihre eigenen Gefühle berührte, und die Umstände in Bezug auf den begnadigten Engländer an Bord ihrer eigenen Brigg, der Constance, kamen in ihrer Erinnerung zurück.

Für den kommenden Tag wurde eine Fahrt auf die Insel vereinbart. Lovell und seine Frau hatten sich dieses Vergnügen bereits mehrere Tage zuvor gegenseitig versprochen.

USS Bonhomme Richard

Kapitel X.

Es war ein schöner, klarer Tag, an dem sie zu einem Ausflug auf diese schöne Insel aufbrachen. Sie verbrachten den ganzen Tag damit, die wildromantische Landschaft, die sanften, grünen Felder und die Ruinen alter, verfallener Schlösser zu besichtigen, und kurz gesagt, ihre Zeit verging so schnell, während sie so beschäftigt waren, dass die Nacht sie weit von der Küste entfernt einholte. Sie befanden sich auf einer Route und einem Weg, wo sie vollkommen die Orientierung verloren hatten.

»Ich war gedankenlos«, sagte Lovell, »die Zeit so unbeachtet verstreichen zu lassen, um mich nun zu dieser Stunde hier zu befinden.«

»Oh, wir haben hier doch nichts zu befürchten.«

»Ich weiß nicht, meine Liebe, in früheren Zeiten und noch bis vor Kurzem war diese Insel ein Treffpunkt für gesetzlose und verruchte Gestalten.«

In diesem Moment stürzte ein Mann aus dem Dickicht und richtete eine Pistole auf Lovell.

»Was wollten Sie von mir?«, fragte er.

»Geben Sie mir einfach ihr Geld und geht weiter«, sagte der Räuber und näherte sich den Trittstufen des Wagens, als ob er es in Empfang nehmen wollte.

Lovell wartete, bis er in Reichweite war, dann warf er sich aus seiner Position mit seinem ganzen Körpergewicht auf den Räuber und brachte ihn zu Fall.

Als dieser zu Boden fiel, feuerte er versehentlich seine Pistole ab, deren Kugel jedoch, was Lovell betraf, weit daneben ging, aber Fannys Kopf leicht streifte. Weil sie direkt in ihre Richtung flog und nur so knapp daneben ging, war sie dermaßen schockiert, dass sie für einige Zeit wie betäubt war.

Der Kampf zwischen Lovell und dem Räuber war nur von kurzer Dauer. Die kräftige Statur des Ersteren war zu viel für seinen Gegner, der, benommen und blutend von seinem Sturz, bald bewusstlos war.

Nachdem er Fanny wieder zu Sinnen gebracht und sich davon überzeugt hatte, dass sie nicht ernsthaft verletzt war, fesselte er den immer noch bewusstlosen Räuber an Händen und Füßen und warf ihn in den hinteren Teil des Wagens, in dem sie fuhren. Danach fuhren sie erleichtert weiter, um einen Unterschlupf zu finden.

Diese fanden sie bald in Form eines ordentlichen und komfortablen Häuschens, in dem sie ohne Schwierigkeiten Hilfe und die Unterkunft fanden, die sie so dringend benötigten.

Die gute Frau des Hauses kümmerte sich freundlich um Fanny und sagte, ihr Mann werde bald nach Hause kommen. Er ist Fischer und noch nicht von einer zweitägigen Fahrt zurückgekehrt. Lovell ließ auch den Räuber versorgen und stellte bei der Untersuchung fest, dass er noch schwerer verletzt war, als er zunächst angenommen hatte, da sein Kopf bei dem Sturz eine schwere Prellung erlitten hatte. Er verband seine Wunden selbst, da er sich in solchen Dingen etwas auskannte, und ließ ihn bis zum Morgen ruhen.

Fanny erholte sich schnell von ihrer leichten Blessuren. Schon am nächsten Morgen war sie im unteren Zimmer des Häuschens, umgeben von Kindern mit rosigen Wangen und größeren Jungen, welche die Hausherrin Mutter und die Hütte ihr Zuhause nannten. Die Sparsamkeit und der Fleiß, die dort herrschten, begeisterten Lovell und seine Frau, denn sie waren bemerkenswert. Die Kinder, fünf an der Zahl, waren zwar grob gekleidet, aber äußerst ordentlich, und die Zimmer waren ein Muster an Sauberkeit und Ordnung. Es war anscheinend, und so hatte es die gute Mutter mit dem Beruf ihres Mannes auch angedeutet, nur eine Fischerhütte, aber Fanny sagte zu ihrem Mann: »Wo sonst kann man wahre Zufriedenheit und Glück finden, wenn nicht in einer solchen Umgebung wie dieser.«

Der Ehemann und Vater war noch nicht zurückgekehrt, obwohl es bereits Nachmittag des folgenden Tages war, an dem sie hier angekommen waren. Fanny war offensichtlich gesund genug, um abzureisen, aber Lovell wollte unbedingt den Vater dieser helläugigen Kinder mit den rosigen Wangen sehen und ihn in gewissem Maße für die Gastfreundschaft entschädigen, die sie unter seinem glücklichen Dach genossen hatten. Ein weiterer Grund zu bleiben war, dass der Räuber, den er gefangen genommen hatte, nun bewegungsunfähig in einer der Zimmer des Hauses lag und von dem Arzt, dessen Dienste er mit nicht geringer Mühe aus großer Entfernung beschafft hatte, für bald sterbend erklärt worden war. Lovell wollte deshalb die Angelegenheit, entweder im Hinblick auf eine mögliche Genesung oder auf eine angemessene Behandlung im Falle seines Ablebens, zu Ende bringen.

Einige der wenigen Nachbarn waren vorbeigekommen, aber keiner kannte ihn. Es war offensichtlich, dass er ein Fremder in der Gegend war. Von ihm selbst konnte man keine Informationen erhalten, da er nur wenige klare Momente hatte und seine Verletzungen hauptsächlich das Gehirn betrafen. Doch endlich, in einem der kurzen Intervalle klaren Verstandes, als Lovell an seiner Seite stand, sah er ihn an und sagte, als er ihn erkannte: »Ich habe Ihnen unrecht getan – verzeihen Sie mir. Ich bin nach und nach zu solch einer Tat getrieben worden, es war das erste Mal – aber hörte ich nicht eine Stimme neben Ihnen, die ich kenne? Sie klingt sehr vertraut und bringt in mir eine Erinnerung an längst vergangene Jahre zurück.«

»Ich glaube kaum, dass das der Fall sein kann«, sagte Lovell freundlich. »Die Lady, die hier bei mir ist, ist meine Frau.«

»Darf ich sie sehen?«, fragte der Leidende. »Ich möchte sie um Verzeihung bitten, denn ich fühle, dass ich bald sterben werde, aber auch um Vergebung für das Böse, das ich getan habe – können Sie jemandem vergeben, der im Sterben liegt und Reue zeigt?«

»Ich vergebe Ihnen von ganzem Herzen«, sagte Fanny, die hereinkam und ihn betrachtete. »Aber haben Sie auch ihren Schöpfer darum gebeten?«

»Nein, das wage ich nicht«, sagte der Mann und erschauerte.

»Aber er wird allen vergeben, die aufrichtig bereuen«, sagte Fanny, »ich werde für Sie beten.«

Und sie erhob ihre Stimme, tief und musikalisch, zu ihrem Schöpfer, im frommen Gebet einer Christin, und bat um Vergebung für ihren Feind. Es war ein wunderschöner Anblick, und Fanny sah für Lovell nie schöner aus als in diesem Moment.

»Gibt es nichts, womit wir Ihnen dienen können?«, fragte Fanny schließlich, »keine Nachricht an Ihre Freunde oder Familie?«

»Keine, ich habe keine. Meine nahen Verwandten sind tot, meine frühen Freunde haben mich längst aufgegeben! Wie seltsam, dass ich mich so gut an Ihre Stimme erinnere, Lady. Wo sind wir uns wohl schon einmal begegnet?«

»Haben Sie es so gefühlt?«, sagte Fanny, denn die ersten Worte, die Sie sprachen, riefen bei mir denselben Gedanken hervor. »Ich habe noch nicht einmal Ihren Namen erfahren.«

»Ich heiße Banning!«, sagte der Mann.

»Der alte Maat auf der Constance!«, sagte Fanny.

Ein paar Worte genügten, um die Neugier der beiden auf die dazwischen liegenden Jahre ihres Lebens zu befriedigen. Banning war in ausschweifende Gewohnheiten verfallen und hatte sich nach und nach zu dem entwickelt, was er jetzt war. Er hatte die Insel aufgesucht, um der Verfolgung durch seine Gläubiger und die Polizei zu entgehen, und er sprach die Wahrheit, als er sagte, dies sei sein erster Schritt zum Leben eines Straßenräubers gewesen.

Das Schicksal hatte sie auf diese Weise wieder zusammengeführt, aber dessen Launen sind so groß, dass nichts unmöglich ist. Fanny stand bis zuletzt an seinem Lager und gab ihm *Hoffnung*. Er schloss die Hände von Lovell und seiner Frau, die er noch kurz zuvor seinem niederträchtigen Vorhaben geopfert hätte, herzlich in die seinen und hauchte bald danach sein Leben aus.

Als sie sich in diesem Augenblick umdrehte, sah sie die gute Frau des Hauses in den Armen ihres Mannes, der gerade zurückkehrte und auf den Platz zuging, an dem sie mit den Kindern saß. Kaum hatte sie ihn erblickt, erkannte sie ihn sofort wieder, und auch er schien von Erinnerungen in seinem Inneren überwältigt zu sein. Endlich, als wäre ihm mit einem Mal ein Licht aufgegangen, rief er aus und drückte herzlich ihre Hand.

»Kapitän Channing! Ich heiße Sie willkommen.«

Liebe Leser, es war der begnadigte Engländer, den Fanny an Bord der Constance verschont hatte!

Nach ein paar Tagen fröhlichen Zusammenseins und angenehmer Gesellschaft gingen Lovell und Fanny wieder an Bord der Vision; und kaum drei Wochen nach dem Tag, an sie die Isle of Man verlassen hatte, lag sie ruhig im kleinen Hafen von Lynn vor Anker.

Fanny und Lovell hatten beide genug von Abenteuern, zumindest für eine Weile, aber dennoch hielten sie die Yacht für häufige Ausflüge auf dem geliebten Element bereit, dem beide so sehr verfallen waren. Ihr Vermögen war reichlich, und es gab keine

Notwendigkeit für sie, sich diese oder andere wünschenswerte Vergnügungen zu versagen, welche die Fantasie ihnen vorschlagen würde, und während eines Seeausflugs, weit außerhalb der Sichtweite des Landes, brachte Fanny ihr erstes Kind zur Welt, einen edlen und robusten Jungen, dessen maritime Herkunft zweifellos seine Berufswahl beeinflusste.

Die Vision war noch bis vor wenigen Jahren in unserem Hafen bekannt, und es heißt, dass sie vor nicht allzu langer Zeit umgebaut und an die venezolanische Marine verkauft wurde, da sie für ihre Schnelligkeit und ihre hervorragenden Seeeigenschaften bekannt war. Sie wird dort immer noch mit einer kleinen Bewaffnung und Besatzung als Steuerkutter oder als eine Art *guarda costa* [Küstenwache] eingesetzt.

Zum Ausklang

Terence Mooney war bis ins hohe Alter auf dem Anwesen von William Lovell beschäftigt, und er starb glücklich, umgeben von allem Komfort, den er sich wünschen konnte, und mit seinen eigenen Kindern um ihn, die ihn bis zuletzt bemutterten und um ihn trauerten.

Es gibt noch eine weitere Figur, die den Leser zweifellos interessiert hat und von dem man erwartet, dass ich etwas über ihn sagen sollte, bevor ich schließe. Auch unsere innersten Gefühle würden uns dazu veranlassen, denn es gab auch viele mildernde Umstände bezüglich seines Charakters.

Die Rede ist von Sir Ralph Burnet von der Royal Navy.

Bald nachdem er sich von den Folgen seiner schweren Verwundung erholt hatte, beantragte er einen Wechsel seines Einsatzgebiets, da er sich nicht zum Feind eines Volkes machen wollte, das er aufrichtig für im Recht befindlich hielt und dem er von Herzen wünschte, dass es in der Sache, die es beschäftigte, erfolgreich sein möge. Schon bald wurde er deshalb an die englische Küste beordert und zeichnete sich dort im Krieg mit den Franzosen und in mehreren anderen wichtigen Gefechten aus, bis er nach und nach zum Admiral ernannt und für einige galante Taten von seinem König zum Ritter geschlagen wurde. Er hielt sich an sein Versprechen gegenüber Fanny Campbell und war nur dem Ruhm verpflichtet, und dadurch wählte er für sich die vornehme Geliebte, die ihm alle Ehre machte.

Lovell und Fanny hatten zwei Söhne, die den kriegerischen Charakter ihrer Eltern übernommen haben und nun ihrem Land als Offiziere im 'rechten Arm' seiner Verteidigung, unserer tapferen Marine, dienen. Auch diese Söhne waren im aktiven Dienst, aber wir werden nicht mehr über sie sprechen.

Die Nachkommen des Dörfchens am High Rock existieren noch immer und üben, wie ihre Eltern in den frühen Zeiten der Revolution, den harten und ehrlichen Beruf des Fischers aus. Die Bewohner dieses Ortes zogen etwa zwei Meilen weiter östlich vom High Rock weg und gingen in der Gemeinschaft der Swampscot-Fischer von Lynn auf, einem zähen und fleißigen Volk.

Der High Rock, fest und unbeweglich, überragt noch immer die Szene und wird oft von unseren Reisenden besucht, um die ausgedehnte und schöne Aussicht zu genießen, die er von seinem erhöhten Gipfel aus sowohl auf das Land als auch auf das Meer bietet.

Ich könnte diesem abschließenden Teil meiner Geschichte ein nicht geringes Maß an Interesse hinzufügen, wenn ich den Leser über die Straße von Lynn nach Salem führen würde, wo das alte Herrenhaus der Familie Lovell immer noch steht, umgeben von stark verbesserten und hochkultivierten Ländereien, ein Herold der Vergangenheit. Es wurde von Lovell erbaut, und der Stil ist nur etwas moderner als die früheste Architektur in den Kolonien, aber es ist immer noch ein solides und geräumiges Haus, mit allem Komfort, den das Herz begehrt.

Wir wissen, dass der Leser, der unsere Geschichte gelesen hat, mit nicht geringem Interesse auf diesen Ort blicken wird, an dem Fanny, unsere Heldin, ihre Tage beendete, und an dem der ehrliche Terence Mooney sein gärtnerisches Geschick unter Beweis stellte, bis ihn das graue Alter zur Ruhe kommen ließ.

Wenn Sie geschäftlich oder zum Vergnügen wieder einmal in diese Gegend kommen, biegen Sie auf dem Weg durch die Stadt Lynn von der Landstraße ab und nehmen Sie die 'obere Straße' am Fuße des High Rock, von dessen Gipfel aus Sie schon den Schauplatz unserer Geschichte sehen können. Fahren Sie dann weiter durch den jetzt dicht besiedelten Teil der Stadt, der Wood End genannt wird, und nehmen Sie die nördliche Straße, biegen Sie wieder in die große östliche Straße ein, die durch Salem führt, und Sie werden in Kürze auf das Lovell-Anwesen stoßen.

Ich bin eitel genug, um zu denken, dass sich vielleicht jemand allein aufgrund des von mir geweckten Interesses zu dieser Reise veranlasst sieht. Wenn dem so ist, kann ich ihm versichern, dass er für seine Mühe reichlich entlohnt werden wird. Wenn Sie es tun, meiden Sie die Eisenbahn; nehmen Sie ein Pferd und ein Fahrzeug und seien Sie Ihr eigener Herr. Gehen Sie, wohin Sie wollen, und kehren Sie zurück, wann Sie wollen.

Das ist Unabhängigkeit; zum Teufel mit allen Eisenbahnen, sage ich, wenn es um Romantik geht, denn während man von einem sehr schönen Gefühl ergriffen wird, kann man aus seiner Lethargie erwachen und feststellen, dass die Wagen ganz leise davongefahren sind und man zurückgeblieben ist.

Und nun müssen wir uns trennen, lieber Leser, und noch ein klein wenig geduldig sein, wenn Sie mir bis hierher gefolgt sind.

Ziemlich am Ende meines schlecht gesponnenen Garns bleibt mir nur noch, Ihnen für diese große Geduld zu danken, die Sie bis zu diesen Zeilen aufgebracht haben. Ich habe mich bemüht, in Fanny Campbell eine Heldin zu porträtieren, die nicht wie jede andere sein sollte, welche die Fantasie erschaffen hat. Ich habe mich bemüht, sie zu einer solchen zu machen, die das Interesse des Lesers wecken sollte, und habe gleichzeitig den Versuch unternommen, in dem Bild die bescheidenen natürlichen Grenzen nicht zu überschreiten.

Ich wollte zeigen, dass in den unteren Klassen der Gesellschaft mehr Keime wahren Verstandes und Mutes, edler Gesinnung und Willensstärke zu finden sind als bei den verwöhnten und wohlhabenden Kindern des Glücks. Ich habe Ihnen mit William Lovell und Jack Herbert nur bescheidene und wahre Männer gegeben. In Terence Mooney habe ich nur die ungestüme Großzügigkeit und die Wärme der Zuneigung gezeigt, die für seine Landsleute typisch sind. Mit dem begnadigten Engländer habe ich ein Bild gezeichnet, das ich den Befürwortern der Todesstrafe gerne vor Augen halten würde. Ich habe das Bild auch nicht überzeichnet; es ist ein getreues Bild, soweit das menschliche Herz aus der Vergangenheit und langer Erfahrung beurteilt werden kann.

In Kapitän Burnet habe ich einem Geist Gestalt gegeben, dessen Echtheit wir alle bezeugen können. Ein heißblütiger, leidenschaftlicher, rücksichtsloser Mensch, wird durch die seltsame Macht der Liebe in Herz und Sinn völlig verändert. Wir haben in ihm die Widersprüche gesehen, durch welche diejenigen, die von ihnen beeinflusst werden, einmal unbesonnen und eigensinnig, ein anderes Mal ruhig und reumütig sein werden. Solche Männer werden große Seehelden, aber schlechte Familienväter sein.

Und nun noch einmal: Leben Sie wohl, liebe Leserin, lieber Leser; und damit endet unsere Geschichte von der Piratenkapitänin Fanny Campbell.

ENDE